獅子王の寵姫
第四王子と契約の恋
Shishiou no Chouki
daiyonouji to keiyaku no koi
JN231270

獅《し》子《し》王《おう》の寵《ちょう》姫《き》　第《だい》四《よん》王《おう》子《じ》と契《けい》約《やく》の恋《こい》

朝《あさ》霞《か》月《つき》子《こ》

ILLUSTRATION：壱《いち》也《や》

獅子王の寵姫　第四王子と契約の恋

LYNX ROMANCE

CONTENTS

獅子王の寵姫
第四王子と契約の恋

プロローグ

エフセリア国の首都イーセリアの残暑が和らぎ、涼しさを感じるようになる季節。窓から入り込んで来た風に飛ばされた書類を拾い上げた第四王子クランベールは、そのまま顔を窓の外へ向けた。

白皙《はくせき》の美貌と呼ばれる滑らかな肌を風がするりと撫《な》でて行く。その少し熱の残る愛撫《あいぶ》に一瞬瞼《まぶた》を閉じたクランベールは鼻を少し動かした後、眉を少し寄せた。

「山とは匂いが違うな」

山。二十日ほど前まで滞在していたカルツェ国のことを思い出し、今度は笑みを浮かべながら窓の向こうの景色を眺める。

王宮の白い壁と庭園、その向こうに見える空の色は、クランベールがエフセリアを発《た》ち、山間の小国カルツェに赴いた時よりも薄くなっている。きっと夏の真っ盛りには濃い青で、白い雲と陽光が降り注ぎ、眩《まぶ》しさに目を細めなければならなかっただろう。白い石作りの壁が青に染まらないのが不思議だと幼い頃から思っていたものだ。

その夏の一番厳しい時期にクランベールはエフセリアを離れ、弟の嫁ぎ先であるカルツェ国に赴き、所用を済ませるまでの五日の間、当地に滞在していた。行くまでに二十日を要した道のりに比べると遥かに短い期間で、ちょっとした捕り物もありはしたものの、それらも無事収まり、この機会を逃せば今後は滅多に会うことがないだろう弟フランセスカと、夫であるカルツェ王ルネの仲睦《なかむつ》まじい様子を見ることが出来ただけでも、自らの足を延ばした甲斐《かい》があったというものだ。

「それにいいものも見つけられた」

クランベールは紙押さえに使っている薄紫の水晶の塊を見て、満足そうに目を細めた。親指と人差し指の先をあわせて作る円と同じくらいでそう大きいものではないが、削り出したままの天然石が作る凹凸は、まるで薔薇《ばら》が開いているようにも見える。

カルツェ国から運んで来た他の水晶より透明度が足りず、乳に紫を溶かしたような白みを帯びている部分が多く見られるため、売り物としての等級が低く、それならとクランベールが自分で買い取った石だった。そうは言っても、屑石《くずいし》というわけではなく、単に加工して華やかな装飾品にするには難があるという程度なので、それを気にしないのであれば十分に飾りとして使用するに足るものも多かった。紙押さえの石以外にも、大きめの水晶の柱を花瓶として使用出来るよう加工も依頼している。

持ち運べる分だけとりあえずカルツェ国から持って来たが、検査に回したもののほとんどは良質な晶石のはずで、鉱山専用の技師のカルツェへの派遣もそう遠くない先にあるだろう。カルツェは埋もれていた水晶を元に新しい産業が興るだろうし、エフセリアとしてもよい宝石の取引先が見つかって市場が広がる。嫁いだ弟フランセスカにとっても、エフセリア国の財務の一端を担うクランベールにとっても実に喜ばしいことでもある。国の経済が豊かになれば人々の暮らしにも余裕が出て来る。不測の事態が生じた時のための蓄えも十分に持つことが出来るのだ。

エフセリアは大国の一つに名を連ねてはいるが、一強というわけではない。豊潤な国土と安定した政治で民は平和に暮らしていても、いつ何時何があるかわからない。そのための用意をしておくのも、クランベールら王子王女たちの仕事でもある。

そして椅子《いす》に座って執務の続きをしようとペンを手にしたところで、父国王が呼んでいると第七王子が呼びに来たため、再度立ち上がり、軽く衣服を揺らして部屋を出た。

その呼び出しが、これから始まる出会いの最初の一歩だったのだと、後になってクランベールは語ることになる。

1.

頭の頂で高く結った光沢のある長い銀紫髪が、ふと通り過ぎた風に揺れる。エフセリア国第四王子クランベールが乗った高速馬車は、七日間の長旅を経てようやくシャイセス国王都シャインへ到着し、シャイセス城外苑《えん》にある伯母《おば》が夫と息子と住むセッテ屋敷へと到着したところだった。

見上げれば薄青い空が広がっている。

初めて訪れる国シャイセス。かつてはシャイセス帝国として広大な土地を支配し、長い歴史の中で規模こそ縮小はしたものの、今もなお絶対王政により統治がなされている豪華絢爛《けんらん》な国――。それがシャイセス国に対する最も多い評判であり、他国のものたちが抱く認識であった。

そして、ここが今日からしばらくの間クランベールが暮らす国でもある。

クランベールがシャイセス国に来たのは観光目的ではない。暇があればそれもしてみたいとは思うが、おそらくそんな暇は取れないだろう。

それこそが伯母が実弟のエフセリア国王に助けを求め、クランベールがここにいる理由でもある。

応接間には伯母の他に前国王の弟の伯父《おじ》マルス、城で主計局長として責任ある地位にいる従兄《いとこ》ビリアンも同席していた。そのうち従兄は横になっている寝椅子から手を伸ばし、クランベールが来てくれたことに感謝を伝えた。

「シャイセスへようこそ、クランベール。来てくれてありがとう」

明朗快活でしっかりとした体をしていた従兄の腕は痩《や》せ細り、青白く面窶《おもやつ》れした顔が三十五歳という年齢より二十くらい老け込んでいるように見せていた。明るい茶色の髪もどこかくすんでいて、かつての面影は緑の瞳に見出せるかどうかというくらいだ。

従兄には悪いが、前情報も何もなく道端で会っても気づかない自信がある。

「私が来たからには安心して任せなさいと断言出来ればいいが、出来るだけのことはする。だから、ビリアンは体を休めることだけ考えていればいい」

「頼りにしてるぞ、クランベール。手が必要な時には言ってくれよ。署名や印をするだけならここでも出来るからな」

「私だけで判断出来ないものはお願いするよ。だが本当に無理をしてまた悪くなっては伯母上も悲しむ。ほどほどにな」

上体を起こした従兄と軽く抱擁し、クランベールは伯母の向かいの椅子に腰を下ろした。開放的な正面には中庭があり、緑の木々や花が整然としているところを見ると、庭いじりを趣味とする伯母の腕は衰えてはいないようだ。余談だが、伯母がエフセリアで行っていた城内の庭園の整備は弟のフランセスカが継いでいたのだが、フランセスカがカルツェ国に嫁いだ現在は、後継となる王族がいないため、暫定的に第五王子が帽子と手拭い姿で剪定《せんてい》や草むしりをする姿が見られるようになった。

クランベールが見ているものに気が付いたのか、伯母がはにかんだ。

「ご自分一人で手入れをしているのですか？」

「主に手を入れているのは私ですけれど、庭師の夫人たちも時々来て一緒にするのよ。そうそう、これ」

伯母はテーブルの上に置かれていたガラスの茶器

を持ち上げ、中に広がる花のようなものを爪で示した。

「これは果樹園の方が栽培している香草と薬用の花を乾燥させたものなの」

「何か効用でも？」

「体が中から温まるというくらいかしら。でもそれだけでも楽しいでしょう？」

他にも種類があり、その日の気分によって飲み分けているらしい。普通の茶葉もあるので、自分で用意する時には好きな方を使っていいという許可は貰《もら》った。

「花をそのまま浮かべるのもありますけど、慣れるまではカップと茶器は別にした方がいいでしょうね。味はどう？」

「言い方は変ですが、意外と普通ですね。もっと独特の味や香りがすると思っていました」

伯母はころころと笑った。

「そういうのもありますよ。そちらは慣れてからおいおいね」

伯母はそう言うと、持っていた茶器をテーブルに置き、膝の上に両手を揃《そろ》えた。背筋を伸ばし、クランベールに向かってゆっくりと頭を下げると、同じく伯父も頭を下げ、寝ている従兄は瞼を伏せて礼を示した。

「私の無理なお願いに応えてくださって感謝します、クランベール」

ゆっくりと顔を上げた伯母は自分の息子を痛ましい瞳で見つめた。

「ビリアンは頑張ってくれたわ。でも、それ以上は体がついていかなくて無理でした」

伯母の目はビリアンから窓の外の庭、そこからさらに先を見るかのように遠くへ向けられている。同じように見たクランベールの視界の端に小さく見えるのはシャイセス城の尖塔《せんとう》、それから城壁だ。

「――手紙に書かれていたことは事実なんですね」

「ええ」

エフセリア王家に届けられた一通の手紙。それがクランベールを遠く離れたシャイセスへ連れて来た。

要約すれば、「国王と側近たちの浪費が酷《ひど》く、これ以上国庫の負担が増えれば破綻は免れない。既に不満を持つ民は多く、このままの状態が続くと国が傾いてしまう。何らかの手を打つことが出来ないだろうか」と。

国の財布とも呼ばれる財務省で、王や財務大臣による捻出要請や圧力に耐えつつ、何とか支出を減らそうと主計局長の従兄は頑張って来たが、度重なる要求とそれを拒否する気力より先に体が音を上げ、とうとう血を吐いて倒れてしまったというわけだ。


ここ数年のシャイセス国の状況が決して楽観視出来るものではないことは、伯母も従兄も知っている。そのため、従兄は財務省に入った時から地道に改善や改革案の提案を行ってきたが、歳入と歳出の差が近年増して来て、財務省の役人だけの努力ではどうしようもないところにまで来ていた。

特に食糧問題が深刻だった。耕作地を開墾するための人員手配、街道の整備など、都から離れた場所ほど手を入れなければならないのに、そこに回される予算は僅《わず》か。見栄を優先して他国から見える部分には金を掛け、それ以外は放置状態。

それらへ対応するはずの各部署の長は貴族の世襲制で、当然ながら専門的な知識に乏しい。何より、彼らは命令はしても自分から働くために手や頭を動かすことはしない。不作への対応も後手に回り、補強補修が行われない村や田畑は衰退していく。しかし、税率は変わらないため、貧困層が広がっているという現状だ。

　シャイセス国そのものが、軍事力に任せて周辺国を併合して来た過去があるため、組み込まれた地方ほど国への反感が強まっている。

　王に近しい領主たちは王都を住処とし、華やかな生活の中に身を置いて、自分の領地の現状を知らず、税として取り上げたものを浪費するばかり。

　しかし、どんなに重税を課しても、税収は少しずつ減り、国の資金力は下がり続け、従兄の試算では遅くても十年以内、早ければ五年以内に国が傾くと言う。

　結果、王都に近い領地はまだましだが、距離が遠くなるほど困窮も国に対する不満も増す。

　だが貴族たちはそれを知らない。領民が眠れないほど飢《う》えている一方で、毎晩のように夜会が開かれる都の生活。貴族の女性たちは華やかに着飾るのを美徳とし、競い合う。篤志家と呼ばれる貴族は多いが、ほとんどが都の救護院など特定の場所だけが対象のため、全体的な貧困層は減らない。

　農村地帯だけではない。先日は鉱山での抗議の不就労を鎮圧するために領主代理が軍を出し、現地は現在も混乱状態にある。現地で指揮する将校側からも離反の動きがあると聞いている従兄は、転覆の切っ掛けになるのではないかと不安に感じていた。

　そのため、どうにかして民に犠牲が出ないよう出来る範囲で……言葉は悪いが財務大臣が使えない人材なので、主計局長という事実上一番の権限を利用して帳簿を誤魔化《ごまか》して富の配分を行っていたが、多少の役には立っても暮らしの改善にまではいかなかった。

　その最中に倒れたのだ。何とか歯止めを掛けていたビリアンが城からいなくなれば、破綻は加速する。

伯母の夫は現シャイセス国王ダリアの叔父。現在助言役の叔父から甥《おい》へ状況を説明することは出来ないものかとクランベールは考えるのだが、国王を諌《いさ》める言葉は聞き流され、逆に酒と料理でもてなされてしまうのだという。

エフセリア王家出身の伯母は、王家の方針で民に近い施策に携わっていたこともあり、金銭感覚は一般的だ。

結婚後、その伯母の教育のおかげで、伯父も従兄もシャイセス国で生まれ育った割には、一般的にまともな金銭感覚を得るに至った。

そしてビリアンの脱落で、普通に対応していては改革はままならないと悟った伯母は、貴族たちと対等に渡り合える身分、そしてそれ以上に、鋼の心臓を持つ甥に目を付け、エフセリア王に頼んでクランベールを借り受けたというわけだ。金銭が絡む対人関係において甥がどれだけ強いかを知っているからこその人選だった。

「ごめんなさい、クランベール。本来なら国内で片づけるべきことなのはわかっているのです。でもそれが出来ずに甥のあなたを頼ってしまって」

伯母はそう言いながら、傍らに座る夫、それから快復の兆しが見えない息子に視線を向け、悩まし気な溜息《ためいき》をついた。視線を向けられた両人の体が先ほどよりさらに小さくなる。

伯母の夫マルスは偉丈夫で名高い現国王の叔父で、息子のビリアンも強くシャイセス王族の血を受け継いでいる。だからクランベールより遥かに体格にも背丈にも恵まれているはずなのに、二人の姿に威風堂々傲岸不遜《ごうがんふそん》を代名詞にするシャイセス王族の面影は欠片《かけら》もない。

だがそれも無理はない。シャイセス国が抱える現状を誰よりも理解しているのは、彼らなのだから。そして、何の有効な手も打てず、政治に関わっていないエフセリア国出身の妻の親族に頼らざるを得なかったのだから。身の置き場もないとまでは行かないだろうが、現在のシャイセス国の表面をさっと見るだけでも、伯母に頭が上がらないのは仕方ないと思われる。

　クランベールは、伯母たちを安心させるよう微笑《ほほえ》んだ。傍《はた》から見ればおとなしやかな微笑だが、玲瓏《れいろう》とした美しさを持つクランベールという男の中身をそれなりに知っている伯父と従兄には、美しくも獰《どう》猛《もう》な獣が獲物を前にしているようにしか見えなかった。びくりと体を震わせて、そっと目を逸《そ》らしたのが何よりの証拠だ。

　そこまであからさまな態度をとる二人の内面を予想するに、「エフセリア人怖い」ではなかろうか。

（ただまあ……）

　クランベールは頭の中で呟《つぶや》く。あまり面識のなかった伯父はともかく、エフセリア国に五年ほど留学していて親交もあった従兄にはそろそろ耐性がついて欲しいところだ。普通に話をする分には平気なのに、時々こんな怯《おび》えた顔をするのが不思議でならない。

　クランベールは紅茶を口元に運びながら、優しく微笑んだ。

「構いませんよ。伯母上の頼みですし」

「ありがとう。勿論《もちろん》見返りなく働かせるなど私の恥ですから、報酬はきちんとお支払いしますからね。ご安心なさい」

　エフセリア国王と同じ伯母の灰色の瞳と、クランベールの薄灰紫色の瞳が交差して、互いに微笑みを交わし合う。見るものによっては先ほどのように、心洗われる癒しの笑みだろう。だが、それは利害が一致した時に見せる会心の笑みであり、シャイセス国王とも繋《つな》がりのある伯父や従兄から見れば決して……決してほのぼのとした意味を持つのではない。

「さすがですね、クランベール」

「私を思い出し、頼ってくれて光栄です」

「報酬に釣られたのではなくて？」

「正直それはありますが」

そんな二人の間に伯母の夫が割って入った。

「エレノア、報酬とはなんのことだね？」

胃の辺りに手を添えているのは、シャイセス国の今を憂いているからだろうと思われる。そうクランベールが考えていると、伯母は、

「今回私がクランベールを招いたこと、それからこれから先、為《な》すべきことを為された時に支払われるべき正当な労働報酬ですわ」

「私は聞いていないぞ！」

「あら」

大袈裟《おおげさ》に両手を肩の上まで上げた伯父の姿に、伯母は目を丸くした後、夫へにこりと笑い掛けた。

「当たり前のことでしたので、当然あなたにも伝わっていると思っていましたわよ。ビリアン、あなたはわかっていたわよね？」

話を振られた従兄は、病のせいだけではなさそうな青い顔を父親へ向け、力なく頷《うなず》いた。

「……わかっていました。クランベールを呼ぶからには相応の対価が必要なことは、エフセリアや近隣国では有名ですから」

逆を言えば、対価が約束されているのならクランベールは動くということだ。国元で守銭奴や倹約王子と呼ばれるのは、そうやって果たして来たたくさ

んの実績があるからだ。

しかし、伯父の表情は渋い。

「だがエレノア、何を報酬としたのか知らないが、我が家にそれだけのものを払う余裕はないぞ」

王族として、他国の王子に聞かれてよいものではないが、既に伯母から話を聞き、さらに自分で下調べもしていたクランベールには今更の内容である。

それに、伯母がクランベールへの報酬として提示したのは金ではなく、「物」だ。それはいくらでも融通の利くもので、さらにはクランベールの興味を引くものでもあった。

伯母は小首を傾《かし》げて伯父を見つめた。クランベールの父親エフセリア国王の姉で三十五歳の息子がいることからわかるように、既に五十歳を過ぎている。だが美姫《びき》と謳《うた》われていた美貌は今も健在で、年を経て得た落ち着きがその美貌に色を添えている。伯母に惚《ほ》れ込んでいた当時のシャイセス国の二番目の王子のことは今でもエフセリアでは有名で、合わせて伯父が伯母に頭が上がらないのも有名だった。

クランベールが伯母たち一家に会うのは数年ぶりだが、夫婦間の力関係は変わっていないらしい。

伯母は首を傾げたまま、伯父へ言った。

「お金以外でもいくらでもありますでしょ」

「金以外……？　まさかビリアンをエフセリアに婿入りさせるなどというものでは……」

「それはあり得ませんからご安心ください、伯父上」

クランベールは即座に胸の前で手を振って、伯父の見当違いを指摘した。婿入りというのであれば、未《いま》だ独身の従兄を傍系親族の女性の夫の一人として迎え入れることは可能だが、それでクランベールが得するわけではない。従兄には悪いが、それが報酬だったなら、エフセリアから足を一歩も動かすことはなかっただろう。あくまでも今回の招聘《しょうへい》は、クランベール個人を見込んだ伯母の依頼に応える形で請け負ったに過ぎないのだ。

伯母の代わりに、クランベールが伯父に答えた。

「伯母上から報酬として提示されたのは、馬や幻獣の類、それから別荘を一つです」

「別荘なら幾つかあるが、クランベール王子が欲しがるような場所があったか？」

「ほらあなた、温泉に近い場所に一つ静かでよいところがあったでしょう？　鄙《ひな》びた場所だと仰ってあなたはお好みではないでしょうけれど」

伯母に言われた伯父は、眉間に皺《しわ》を寄せて数回首を捻《ひね》った。なかなか思い出せないようだ。それを見ていた伯母の口からくすっと笑い声が零《こぼ》れる。

従兄も苦笑を浮かべ、クランベールに向かって肩を竦《すく》めた。

「――母上の言った通りですね。父上は忘れてしまっている」

「でしょう？　持っていても使わないどころか、存在すら忘れてしまうものですもの。国がなくなれば別荘もなくなるんです。そうならないよう成果を出してくれたクランベールに譲った方がよほど有用な使い方をしてくれますからね」

さて、と言って伯母は姿勢を正し、クランベールへ言った。

「あなたの手腕に期待しているわ。好きなようにおやりなさい。それが国のためとあらば、途中に生じたいかなることも我が家が責任を持って対処します。国の危機に何も出来ない不甲斐ない夫ですけれど、身分だけはダリア陛下の次に高いものを持っていますから」

「おいエレノア、私に何をさせる気だ？」

不安そうに眉を寄せた夫に対し、伯母はすっと目を細めた。

「あなたには何もしていただかなくて結構ですわよ。背後にあなたがいるという状況さえあれば、後は私とクランベールがどうとでも出来ますから」

は？　と目を大きく見開いた伯父。従兄は悟りきったような疲れたような表情で、乾いた笑みを浮かべて父親を眺めていたが、その身を起こし、クランベールへ頭を下げた。

「クランベール。出来るだけ助力はする。だからよろしく頼む」

従兄の瞳には、過労により途中で手綱を渡すことへの申し訳なさと、最後の望みに縋《すが》る想いが見えた。

だからクランベールも真摯《しんし》に応える。

「安心してください。任されたからには全力をもって任務に当たりますよ。誰が頭なのかがわかれば、自然に従うようになるでしょうからね」

そこで一旦言葉を切り、宣言する。

「今の群れの頭を抑えればいいだけのこと。もっとも、今は群れを放り出して遊んでいるような無能のようですし、代役が率いたとしても問題はないでしょう」

不敵な笑みだったと後に従兄が関係者に語るクランベールの表情に、伯母と従兄は頼もしさを覚えたが、伯父だけが体が震わせていたのが印象的だった。

2.

クランベールがシャイセス城で働くようになって十日が過ぎた。国王相談役の伯父直々の任命で、主計局長代理となったクランベールを、役職持ちではない下位の貴族たち、それから実力で城勤を勝ち取った平民らで構成される部下の多くは静観し、それと同じくらいの人々は歓迎の意を示した。高位貴族たちの多くが反発する姿勢を見せたのは想定の範囲内なので、特に問題視はしていない。

それに十日という日数はクランベールの中に他のことへ目を向ける余裕を作り出してくれた。

行き帰り以外はほぼ主計局室に籠もってばかりだったクランベールの存在は、意外と知られていない可能性もあり、出歩いてもこちらを認識している人に出会うことは、今のところなかった。

「それはそれで好都合だな」

現在クランベールが歩いているのは、城を巡る回廊だ。ある程度仕事が回るようになり、職員たちにも余裕が出て来たため、兼ねてから希望していた城内巡りをしていた。

「部下たちの顔色もよくなって来たことだし、私を追い出す余裕も出来た。いいことだ」

誰よりも早く来て誰よりも遅く帰るクランベールの勤務態度は、直属の部下だけでなく、関連する他部署の職員にも評価され、今ではすっかり主計局の顔となっている。

髪を靡かせ、幾つも柱が並ぶ回廊から見える景色を堪能しつつ散歩しながら、クランベールは出仕初日のことを思い出していた。

「財務大臣が仕事をしないのは今も前も変わらないからな。仕事の邪魔さえしなければ放置で構わない」

　最初の顔合わせの時、クランベールははっきりと自分の立場を鮮明にした。前王弟と関係のある人物ということで、部下たちに若干警戒されていたクランベールは、これで仕事がやり易くなったことになる。逆に言えば、ただそれだけの意思表明で安心されるくらいに、貴族たちの専横には迷惑を被《こうむ》っていたということだ。

（部下の中に平民や商人の家系出身者が多いのは、ビリアンが積極的に採用したからだろうな）

　主計局は国の予算を一手に扱うため、最も重要度の高い部署とも言える。だが、シャイセス国において主計局は、言えば金を出す単なる緩い財布になっており、伯父や従兄の話によると王の息の掛かったものが歴代主計局長を務めることになっていたらしい。主計局長の上には財務大臣がいるが、こちらは完全に世襲制のため、事実上の長は主計局長ということになる。

　これまでならそれで貴族たちの思い通りになっただろう。

　だがそれなりに発言力もあるビリアンが仕切り始めて風穴を開けた主計局は、他の貴族主体の部署とは異なっていた。自分で考え、判断する能力が求められたのだ。その結果、有能な人物が集められ、代理で入ったクランベールを柔軟にうけいれることが出来たのだろう。

　従兄から貰っていた事前資料を見ていると、貴族もいることはいるが名ばかりで、平民より貧しい家のものや、高位貴族の庶子や末の兄弟が多かった。そして平民は全員が王都の学院卒業で優秀なものが多い。

　それでもビリアンが倒れなければならないほど抱える仕事の量と他部署からの圧力は凄まじく、クランベールも赴任初日は机から離れることが出来なかった。何しろ、ビリアンが倒れた後は副局長が書類処理をしていたのだが、能力的な不足はなくても業務は通常時の半分ほどしか進んでいなかった。商家の出身というだけで貴族たちからの当たりが強く、決裁を後回しにされた書類が山のように床に積まれていたからだ。

　赴任初日に部下たちは申し訳ないと頭を下げたが、目の下に隈を作り、見るからに疲労の濃い彼らを見ると、従兄の意志を曲げないよう必死に抵抗した結果でもあることが感じられ、クランベールは元から咎《とが》める気はなかった。

「これからは私が指示を出す。貴族が怒鳴り込んで来たら私に回せ。自分たちで対応しようとしなくていい」

　難癖をつける貴族はどこにでもいる。平民や身分や地位が下のものに対し、高飛車な態度を取ることもある。シャイセス国ではそれが当たり前で、すべてが貴族中心に動いている。難癖というのは、こちらに不備や非がなくてもつける言いがかりだ。正論は通じず、丁寧な対応にも無礼で返す。

　相手をさせて悪化させるより、最初からクランベールが対応した方が貴族を黙らせることが出来るだろうことは明らかだった。

「いいか、一番最初が肝心だ。誰が強いのか、それをわからせるんだ。まともな思考を持つ一部の貴族以外は動物と同じように扱え。立場は気にしなくて構わない。相手は君たちを同じ人とは考えていないんだ。こちらも同じ態度で臨ませて貰う」

相手と同じ位置にまで品格を下げてやる必要はないと反対する意見はあるだろうが、そこまでしなければ貴族たちは自分たちのしていることを理解出来ない。貴族社会は歴とした爵位制度に基づく序列社会だ。そこに所属している自分たちが、他者から同じ対応を受けることを想定していないのは、おかしなことだと思う。

国王の従兄でありながら、ビリアンは優し過ぎた。もっと厳格な対応を行っていれば、もう少し主計局の仕事状況は改善されていただろう。他の貴族よりも血筋が上であり、強権を発揮出来るはずの従兄がそれを行わなかったのは、シャイセスが自分の国だからだ。他国に婿養子に入るなど特別な理由がない限り、出て行くことがない祖国だからだ。

「私はビリアンとは違い、この国の貴族たちにしがらみはない。むしろ貴族の対応はどんどん回せ。これまでのように穏便に済ます必要はない。私が君たちに求めるのは、毅然とした態度だ。卑屈にならず、遜《へりくだ》ることも、自分を卑下することもない。自信を持って職務を全うすることを望む」

クランベールが挨拶代わりに行った決意表明を聞いて、職員の中には拳を力強く握り締めたり、涙ぐんだりするものもいた。本当にそれが出来るのかという疑念の目はあっても、反抗する目はなかった。

（ビリアンの指導がよかったのだろうな）

だからこそ従兄の脱落で絶望を感じていたはずだ。それでも彼等は仕事を放棄せず、退職もせず残って終わらない仕事に取り組んでいた。

クランベールは思った。

本当の忠臣は彼らのようなものを言うのだろうと。黙々と自分の出来る仕事をする。言われたまま働くのではなく、国を良くしたいという意欲を持って。

（いい職場だな、ここは）

書類に目を通し、印を押す合間に仕事風景を見ていると、嫌々働いているものはいない。心の内まで見通す目は持っていないため、本心がどうなのかまでは流石に知りようもないが、現時点では仕事最優先だ。不審な動きを見せた時に動けばいいと割り切った。

（おそらく杞憂に過ぎないだろう。彼らは仕事に誇りを持っている。部下に丸投げの貴族たちにこの姿勢を見習って欲しいが……無理だろうな）

仕事を始めてすぐにクランベールはそんな評価を下した。彼らなら……彼らとなら、伯母が感じている不安も、伯父が抱いている憂慮も取り除くことが出来るのではないかと思わせる熱意があった。

十日を経て、その思いはますます強くなる。

「改革の拠点としての仕事場は出来た。だが本番はこれからだ」

十日間はクランベールが職員の力量を測る期間だった。これから本格的な財政改革が始まる。この十日の間に主計局長代理に会わせろと乗り込んで来たり、苦情を言いに来た貴族たちは皆小物だ。大物は――。

「主計局の長が変わったところで何も出来ないと考えているか、または最初からビリアンが休職していることにも気づいていないかどうかだな」

組織図上の上司、財務大臣は問題ない。元から職務内容を理解していたとは思えない男だったが、赴任した初日にどちらが上かを丁寧な説明と指導で教え込んだ結果、クランベールに忠誠を誓うに至った。

若干涙目になり、怯えた様子を見せていたが、それはクランベールに慣れていないものの多くが取る態度だ。問題はない。寝返りの可能性はあるかもしれないが、たとえそうなったとしても子爵ならクランベールにとって問題にはならない。

最初からクランベールは「クランベール＝エフセリータ」と名乗っている。エフセリア王子だと言わなかっただけで、本来の身分を詐称しているのでも隠しているのでもないのだ。エフセリータと言えばエフセリア王族という認識は子爵なら当然持ってしかるべきだろう。ただ財務大臣に関しては、王子だとわかって従っているというより、指導の後に恭順を示した様子だったので、もしかすると王子だと本気でわかっていない可能性の方が高かった。

どちらにしてもクランベールの中で、財務大臣は既に過去の人物になっていた。責任を自身が負うことを前提に、全権をクランベールに委任したのだ。主計局長の地位も大事だが、実行に移すにあたって財務大臣の署名と判が必要な場合がある。その権限を得た今、財務大臣にはエフセリアに帰国するまで自分から会いに行く必要はなくなった。

無能だが無害になった上司に対する目下の悩みと言えば、これまで足を向けることがほとんどなかった主計局室へ顔を出すようになったことだ。財務大臣が心を入れ替え仕事熱心になったのは、従兄が復帰した後のことを考えれば歓迎すべきことだが、現時点では仕事の邪魔にしかならないため邪険な対応しか出来ていない。それでも毎日一度は顔を出す上司を見る部下たちの目は、とても生温く優しいものだった。

主計局室を出て既に相当の距離を歩いた気がするが、まだ果ては見えない。見張り用の尖塔と各区画の境にある隔壁以外の建物は高くて二階、それが連なるように広がっているため、全体像が把握出来ないのだ。

　その建物なのだが、

「……何のための建物なのかわからないのは横に置くとして、あの奇抜な飾り、それに明らかに建増ししたと思われる無秩序さは一体何なんだ？　機能性がないどころか、見た目が……」

　池の上を通る回廊の欄干から身を乗り出し観察するが、遠目にも意匠にまるで統一性も整合性もないのがわかる。

「どうしてこんな無駄な造り方をしたのかわからんな」

　本音が漏れた後で、「ああ」と自分がこの国に来た理由を思い出す。国王や貴族の散財を止め、正常で裏表のない金の流れを作り直すことだ。

「つまり」

　クランベールは腕組みをして、建物群を睨《にら》みつけた。頭の中に伯父から見せて貰った簡易地図を描く。方角と主計局からの距離から予想するに、あれは賓客を招いた時に使用する離れ——迎賓館と言ったところか。

「なるほど。浪費の内訳の一つか。しかし、あれに案内されて喜ぶ客がいるものだろうか？」

　これが怖いもの見たさか、クランベールの足は自然に迎賓館を目指して動いていた。時折、すれ違う人々から長く寄せられる視線にも気が付いたが、クランベールにとってはいつものことだ。エフセリア王族は多くが自分の美貌が与える影響をよく知っている。伯母然り、クランベール然りだ。

（さすがに貴族は見掛けないな）

　見掛ける多くは書類を抱えて急ぎ足の人たちで、

それ以外には下働きくらいと、閑散としたものだ。騒々しい城は論外としても、まだ出入りがあるはずの場所でここまで人が少ないとは思わなかった。

何か足りないと思いながら歩いていると、あまり高さのない隔壁が目に入る。その前に立っている門番を見て、先ほど歩いて来る中で覚えていた違和感の正体に気が付いた。

（そうか。城に必ず配置されているはずの門番や衛兵を一度も見かけなかったんだ……）

ハッと振り向いてもやはり姿は見えなかった。そのことに改めてクランベールは驚き、危機感を覚える。

確かに城門には門番の他に衛兵が控えていたが、次の隔壁に辿り着くまでの間に衛兵を見掛けたかどうかわからないほどに、存在が希薄だ。記憶を辿れば、主計局まで行く間にも見かけていない。城門で見ただけで、どこにでもいるものだといつの間にか思い込んでしまっていたようだ。

（警備や巡回をする兵士は存在感を出してこそなのだがな）

平時での巡回中に必要以上に威圧感を放つのも問題だが、城内で存在そのものがないのも問題ではないのだろうか。

隔壁の前に立つ衛兵はクランベールを見て一瞬動きを止め目を瞠ったが、何も言わずに通してくれた。

（誰でも通れるのか。誰が通っても問題のない場所に繋がる門なのかもしれないな）

エフセリアにはないが、他国の城には敵が侵入して来た時に備えた誘導用の門や通路がある場合がある。今のクランベールの通過を例に取れば、隔壁を越えることこそ出来たが、そこから王宮深部に繋がる道はないという感じだ。

それを考えると迎賓棟は見てみたかったが、今はその機会ではないだろうと三十歩くらい先まで進み、中を覗《のぞ》いただけですぐに元の場所まで戻って来た。門番には不審がられたが、いずれ見る機会もあるだろう。

　そのまま主計局に戻ってもいいのだが、夕方の閉庁間際まで自由にしていてよいと言われているので、今度は奥ではなく横に広がる方へ足を伸ばすことにした。

　横方向は隔壁のように遮るものがないため、どこまでも自由に歩くことが出来た。建物に関して言えば、迎賓館と似たり寄ったりの整合性の悪さで、近くで見ることが出来る分、粗が目立った。

　素材がばらばらの柱で支えられた石屋根は、細い側が重みに耐えられず折れてしまいそうだし、ごてごてと柱や壁など石を素材とするすべてのものに彫刻がなされていて、こちらも崩壊が心配だ。

（ただの石像や置物なら好きにしていいと思うが、増改築の跡が目立つのは景観を損なってるし、見栄えがよくない）

　強度や平衡より意匠を優先したのがよくわかる建物ばかりを目にしていたせいか、自分が立っている回廊も宙に浮かんでいる場所で妙な細工がしていないか強度を確かめて渡る必要性を感じた。

（待て。それよりも主計局の建物だ。あれが崩壊すれば洒落にならないぞ）

　古い建物に補修補強をしながら使い続けるのは城に限らず、一般にも共通する。骨董品や芸術品の鑑賞も好きなクランベールは、古い建物の中に感じる温かみや歴史の重みが好きなので、必要がない限り新しさにこだわりはない。

　主計局用の建物は古い煉瓦造りの二階建てで、重厚な木製の廊下や格式を感じさせる絨毯は、長い時間をそこで過ごすクランベールが毎日通う楽しみの一つでもある。趣味が悪い建物でなくて本当によかったと、城内の他の部署の建物を見るたびに思っている。察するに、ただの財布係だった歴代財務大臣はやる気のないものが多かったのだろう。そのおかげで増築など面倒なことは避けて来たのがよかった。王や他の大貴族の歓心を買うため、彼らの趣味にあった建物に改築したり、妙な調度品が飾られていれば、着任早々別の建物への移動届を出していたはずだ。

シャイセス国の政治の中枢になる部署は城内の最奥の三つほど手前の区画に点在している。建物間の距離はそれなりにあるため、独立性は保たれているが、それが却って閉鎖性を産み、部署間での連携が取れていない弊害も生じているらしい。

これら内部のことは、従兄や伯父だけでなく、大貴族以外の視点も欲しかったので、部下たちと仕事の合間合間に話をしながら、情報を集めているところだ。

横に進んでも終点が見えなかったので、クランベールは大きめの道をゆっくりと歩いて主計局へ戻ることにした。運動は苦手な方だが、歩くことは苦にならない。そのため、かなり大回りになる道を知らずに選んでいたようで、

「あれが城か」

これまでの中で一番間近に城を見ることが出来るところにまで来ていた。十段ほどある階段を上った先にある円形の小さな広場で、距離はあるものの王が住まう城がはっきりと見えていた。

シャイセス国王ダリア。伯父よりも体格に勝る偉丈夫だと聞いているが、クランベールはまだ国王に

会ったことはない。それどころか見掛けたことすらなかった。避けているわけではなく、クランベールが着任する前から今まで、国王ダリアは取り巻きの貴族たちを引き連れて、地方領主の別荘に出掛けているのだ。戻って来るのはまだ五日以上先の話になる。

「国王ダリア、か。噂《うわさ》よりも理性のある男だったらいいのだが」

噂は噂。噂で悪く言われていても実際は良い人だったという逆転の話は多い。その逆もまた然りだ。だからこの時点でクランベールが国王に少しでも期待していなかったかと言えば嘘《うそ》になる。

しかし、実際にクランベールが国王と直接話をする機会を得るのは、ダリアが王都へ戻って来てから随分経ってのことだった。そして、存在は知っていても直接会わないでいた間に悪化していた関係性を修復改善するには、さらに日数を要するようになるのだが、この時のクランベールと国王ダリア本人はそれを想像すらしていなかった。

クランベールの一日は書類に始まり書類で終わる。書類を読み、署名をして判を押す。合間に部下たちからの報告を受けては新しい予定を立てて指示を出す姿は、職員たちにもすっかり慣れたもので、中には指示を直接貰うため朝礼が終わるとすぐにクランベールの前に並ぶものたちも出て来た。そして指示書を手に主計局を飛び出していく。彼らの働きから得られる成果は大きく、クランベールが自分で動かなくても仕事が捗るようになったのも、大きな成果と言える。

一人が行える仕事は大きいものではない。だが小さなものでも積み重なれば、大きくなるのは摂理でもあった。

クランベールがこの国に求めるものは一貫して変わらない。無駄を省き、節約を心掛けるというだけだ。空いた時間を使って城の中を見て回って気づいたが、本当に無駄が多かった。金に飽かせて集めたと思われる調度品が無造作に城内のあちこちに放置され、宝石が鏤《ちりば》められた甲冑は手入れを怠った状態で飾られている。一か所二か所の話ではない。至るところにあるのだ。勝手に売り払ったところで、きっと誰も気にはしないだろう。鎧や調度品に限らず特定の所有者が存在せず、装飾品の名目で国庫からの出費で購入したものは、主計局の管理となっている。

クランベール自身が帳簿と照らし合わせて確認もし、伯父にも確かめた。

最近では城内の散策範囲も広がった。最近クランベールが常に持ち歩いている革の書類挟みには、品名の横に「売却」の文字が書かれた紙が何枚も重ねられていく。今はただの紙でしかないそれは、売却により金に換わる宝物でもあった。

日課の散策をしているクランベールの表情は、普段の彼を知るものが見れば目を疑いたくなるほど輝いていた。売却によってどれだけ資産が増えるのかは非常に興味がある。これまで予算が削られるばかりだった箇所に新しく予算を組もうと思っても、先立つものがなければただの予定で終わってしまう。

しかしその金があれば話は別だ。クランベールが変えようとしているのは、そういうところだった。右に流されていた金を、本来受け取るべき左側へ移動させるようなものだ。

少しずつ、必要な支出に充てる予算を増やしつつ、貴族たちの見栄競争に費やされるものは削っていく。ほんの僅かずつの積み重ねではあるが、そうやって本来回すべき場所に予算を回してやりくりをする。そのために部下たちは毎日走り回っていた。どこに何がどれだけ必要なのかを、紙の上ではなく自分の足と目で確認して納得するために。

細かいところはそれでいい。だがどうしてもクランベールしか対応出来ない場所もある。それが後宮だった。

後宮に組まれる予算が多いのは、一夫多妻制を取る国共通だ。そこはシャイセスもエフセリアも変わらない。しかし、エフセリア国で三人の王妃のために組まれる予算について国民の間から不満が出たことはない。理由の一つは王族は資産とその活用が国民へ公開され、誤魔化すことが出来ないからだ。さらに、民と近しい公務を持つ王族が、日頃からどのような活動をしているのかも知られている。決して少ない金額ではないが、それでも認めて貰っている。

他国には他国の慣習がある。それはわかる。だが現実に民が苦しんでいる時に何の咎もなく認められるものでもないのだ。国がこの先百年安泰だというのなら、放っておいた。しかし、長くても十年持たないという試算を主計局は出している。支出の方が収入より多いのは、どんなに甘く見積もっても明白だからだ。後宮の維持費という名目で、毎日のように妃《きさき》たちが購入したものの請求書を持って訪れる商人たちの顔はもう見飽きた。後払いの請求は本人にしろと追い出し、生活資金が不足しているから融通してくれという要求は断固突き返している。

最近の主計局では、足繁く通ってどうにか金を引き出そうとする後宮からの使者とクランベールとの冷たいやり取りが毎日のように繰り返され、他の部署からも見物人が訪れるくらい名物になっている。遠巻きに、だが面白そうに眺める彼らを見ていると、見物料を徴収しようかとすら思えるほどだ。

今後はさらに後宮の取り締まりに着手する。後宮に住まい国王の寵《ちょう》を受ける女たちではあるが、正式な婚姻関係を結んだわけでも地位が約束されているわけでもないため、後宮のすべての生活費を捻出している主計局が主体になっての遣《や》り繰《く》りが可能なのだ。それは倹約を進める上で大きな強みとなる。

それに実は既に実行に移しているものも多かった。

無駄に消費される菓子の材料を最高級の輸入品から国産品に替えた時には、材料が変わったにも拘《かかわ》らず、味に対して何の反応も見せなかったことだ。これは試しに話を持ち掛けた王城で出される他の料理についても同じで、切り詰めるのは容易だった。

その後は国王がいないのを良いことに、我儘《わがまま》放題で浪費ばかりをしようとする妃たちの要求をすべて跳ね除ける。商人たちからの請求書はすべて妃たちと妃たちの実家へと回して、そちらで払うようにする。当然、すべての贅沢《ぜいたく》を排除していくので、風当たりは強いものの、妃たちにも勝る美貌と持ち前の図太さで、彼女たちを黙らせる。

「さて」

今日の目的地、内苑の端にある演習場に到着したクランベールは、大柄な騎士が集まっているにも拘らず、躊躇いなく中に足を踏み入れた。すぐ真横に、団長位を示す徽章《きしょう》を付けた逞《たくま》しい肉体の男がすっと立ち、クランベールを見下ろした。

見上げるクランベールと目が合う。精悍《せいかん》だがきつめの顔立ちをしている黒衣を纏《まと》った男——第二騎士団長ウラノスは、クランベールの手を恭《うやうや》しく持ち上げた。

「お待ちしていました、クランベール様」

指先に唇が触れ、そっと下ろす。若い娘なら頬《ほお》を染める行為だが、生憎クランベールは慣れていて、頬を染めるどころか照れる気配もなく、眉を上げて先を促した。

それに一つウラノスが頷いたのを見て、別の騎士が大きな声で叫んだ。

「クランベール様に感謝の言葉を！」

それまで楽な格好で佇《たたず》んでいた騎士たちがざっと音を立て後ろで手を組み姿勢を正す。そして一斉に叫んだ。

「ありがとうございました！」

思わず耳を塞《ふさ》いでしまいたくなるほどの声量だったが、クランベールは苦笑を浮かべながら彼らに向かって軽く片手を上げて、その謝礼を受け取った。

そこで上がる歓声は、王に帰属するはずの騎士団とクランベールとの関係が良好だと告げたのと同じだった。


――クランベールが第二騎士団と出会ったのは、散策をするようになってすぐの頃だった。主計局だけの許可で売却出来るものを求めて歩き回るクランベールと、馬で演習場へ向かう騎士の一団が同じ道を歩いていたことが些細《ささい》な切っ掛けだ。もしも歩いていたのがクランベールでなければ、何事もなく三叉路《さんさろ》でそれぞれの方向へと分かれただろう。

この時のクランベールは騎士団を見た瞬間に思い切り眉を顰《ひそ》めた後、演習場までずっと後をついて来ていた。

最初は同じ方向に行くのだろうくらいにしか考えていなかった騎士たちは、美しい顔の見慣れない若い男が自分たちに気があると誤解した。そして勇気ある一人の騎士が近づき前に立った途端、クランベールの唇から放たれたのは、

「その鎧を脱いでここに置け。槍《やり》も剣も武器はすべてだ」

という騎士が今までに聞いたことのない冷《さ》めて尖《とが》った声だった。

当然ながら命令に従う騎士はいない。騎士たちの多くは貴族だった。たとえ爵位の継承権を持たずとも、生粋の貴族ばかりだ。騎士という組織上、団長や副団長、所属する隊の隊長や先輩に命じられることはあっても、無関係の人間にまで従う義理もなければ意思もない。

血気盛んな若い騎士たちは柵の向こうにいるクランベールを威嚇《いかく》するため近づいた。少し脅せば生意気な男はすぐに自分の愚かさを自覚するだろうと。第一から第六まである騎士団の中で最も実力があると言われている猛将ウラノス率いる第二騎士団に対し、無礼な言動は許さない、と。

騎士たちの体は大きい。それに比べればクランベールなど女性のように細くたおやかだ。どちらが優位なのかなど、見ればすぐわかることだ。

そんな騎士たちの考えや感情は、これもまたクランベールには慣れたものだった。自分の容姿を過《あやま》たず把握しているクランベールに対する男たちの態度は、ほとんどが今の騎士たちと同じなのだ。体が大きいから自分たちの方が勝っているのだと。だから従えと。それに対するクランベールの反応は大抵は無視なのだが、今回は少ない可能性——話し掛けて関わりを持つことを選んだ。

「聞こえなかったか。その古くて重くて錆《さ》びついている鎧を脱げと言ったんだ。ろくに手入れもされていない重いだけの剣も槍も地面に置け。私の指示に従わないならそれでもいいぞ。その場合は新しい鎧も武器も渡さないから、古くて汚い鎧を着続けていればいい。それはお前たちの判断に委ねる」

そう言うと黙って腕を組み、騎士たちがどんな判断をするのかを待っていた。ウラノスが話し掛けたのはその時が最初だ。

「――俺の騎士たちに何をさせている」

クランベールの背後に立ったウラノスが握る剣は、クランベールの首に添えられていた。

それに動揺することも、身じろぎすることもなく、クランベールは刃を少しだけ見て言った。

「――何をも何も、新しい武具を買ってやるから古くて臭い鎧を脱げと言っただけだ。お前もだぞ……ああ、悪い。お前は自分できちんとした防具を用意していたんだな。だが、この剣はよくない。使い続けるといつか怪我をすると思うぞ。自分で用意出来るのであれば、早く変えた方がいい」

「……何故それがわかる。俺の剣もだが、鎧も」

剣を首から下ろして横に並んだものの、ウラノスの視線は厳しくクランベールに注がれている。そんなウラノスへ、クランベールは問い返す。

「逆に私が聞きたい。どうしてお前もそこの騎士たちも不具合に気が付かない？」

集めた鎧はクランベールが見てすぐ気づいたように、手入れ状態も悪く、繋ぎの部分が欠けたままだったりと、戦いの場に出る騎士が身に着けて許されるものではなかった。何より、飾りや見栄えを重視し過ぎた結果、派手さはあっても重いだけの鎧では、実戦で使えないのは明白だった。

そんなやり取りを経た後、クランベールは翌々日には比べ物にならないほど立派で「本番でも役に立つ」武具を用意して見せた。さすがに全員分を一度に揃えるには騎士の数が多過ぎたが、以降も順次新しいものに入れ替えていくと宣言した。

主計局長代理という肩書を明かして、資金を調達出来た種を明かし、エフセリア王子という身分も伝えた上でクランベールが言ったのは、

「金の使い方を間違えるな。私は必要経費を出し渋るほど吝嗇《りんしょく》な男ではない！」

という言葉だった。

クランベールが嫌いなのは過度な無駄遣いであって、掛けるべきところに金を掛けないのは逆に余計な経費が嵩《かさ》むことを経験で知っているからだ。

後から聞いたのだが、同じ国王を守る集団でありながら、常に王の傍《そば》に侍《はべ》ることを許される親衛隊と比較されることが多く、かなり鬱屈《うっくつ》も溜まっていたらしい。最初クランベールに従ったのは、意趣返しが出来るならばという気持ちがあったことは否めない。

だが現在は――。

第二騎士団は今やクランベールの忠実な僕であり、騎士団長ウラノスの態度も主君に対する時に酷似したものに変わっていた。それくらい鎧や武器の新調は心待ちにされていたらしい。

「クランベール様、明日には陛下が帰城されます」

鍛錬風景をしばらく見学した後、主計局に戻るクランベールを送りながら、ウラノスは先ほど城で聞いた話を伝えた。クランベールにとっては、

（やっとか……）

というほど待たされた国王との対面が現実になろうとしていた。

しかし、ウラノスの表情は暗い。

「どうした？」

少し躊躇った後、ウラノスは首を横に振りながら溜息をついた。

「明日には城に戻りますが……すぐには陛下に会えないと思います」

「それはどういう意味だ？　戻り次第会えるよう伝えているはずだぞ」

伯父を通しているのだから、聞いていないという言い訳は使えないだろう。

「クランベール様に非はありませんよ。ただ陛下の優先順位の中で、誰かに会うというのはかなり後ろの方にあるというだけです。陛下は自分の楽しみを優先します。自分のしたいことをし、周りはそれに従うだけです。陛下がクランベール様に会うのを百日後と決めたのなら、事前の取り決めなど簡単に破棄されます」

「なんだそれは……？」

「陛下はそういう方なのです。これまでの長期旅行後の行動と同じなら、城に戻ったことを祝う会が夜通し行われるでしょう。同行出来なかった貴族たちは、陛下から何かしらの土産《みやげ》に該当するものを貰うために列をなします。彼らとの歓談に二日から三日は見ておいた方がいいですね。夜会に出ていない日の夜はほとんど後宮で過ごしますから、夜に時間を取るのも難しいかと。先ほど言ったように、陛下は自分の楽しみを最大限に優先します」

後宮で妃たちを抱くことと、主計局長代理になった男に会うのとどちらを取るかは明らかだ。

「……エフセリアの王子でもか？」

　ウラノスは重々しく頷いた。

「陛下の中ではご自身が一番、その次は貴族たちが並び、その後ろには何もありません」

「お前の話を聞いていると、陛下の中には自分以外には貴族しかいないのだが、それ以外の人間は無視なのか？」

　それはさすがに性格に難があるとしか思えないが、ウラノスは肯定はしなかった。

「無視というより、自分の他は皆同じなのだと思います。さっき俺は陛下自身の次は貴族だと言いましたが、それも違うかもしれませんね。陛下とそれ以外、その二つしか存在しないと言われても俺は信じますよ」

　シャイセス国の貴族たちは自分が一番国王に近しいと優越感に浸《ひた》り、それを見せつけるために自分より低い身分のものを蔑む傾向があると考えているが、ウラノスの考えたように、国王が自分以外は皆同じように見ているとすれば、そしてそれを貴族が知れば自尊心が崩壊し、血の涙を流したり、狂気に陥ったりしそうである。

　寵愛を競う点で恋愛に似ているとクランベールは思ったが、真剣に恋愛をしている恋人たちにすれば「一緒にするな」と声を大にして言いたいことだろう。

　精神的なもので満足する愛ではなく、物欲が先にあって疑似愛を無意識に演じている。

　黙って考えているクランベールの横からウラノスが覗き込むように顔を寄せた。主計局はもう目の前だった。

「陛下にお会いする時にご一緒出来ればいいのですが」

「子供ではないのだから、そんな心配はいらないぞ。

顔を合わせて挨拶をするだけで、他に何も話すこともない」

　ウラノスの話が事実だとすれば、国の衰亡が国王の肩に掛かっていると訴えたところで、耳を傾けるとは思えない。ましてや伯父を間に挟んだ関係でしかないのだ。初めて会う人間のそんな言葉を聞いたとしても、すぐに信じることはないだろう。

　いずれ話はする。だが、それは今ではない。主計局で実績を上げ、数値として提示出来るようになってからだ。

「クランベール様」

　扉を潜ろうとしたクランベールは背中に声を掛けられ振り向いた。

「陛下は時に獣のようになる方です。激しく、強い。クランベール様なら呑《の》まれることはないと思いますが、牙を立てられないよう気を付けてください」

　一礼して去っていくウラノスの背を見つめ、クランベールは首を傾げた。

「それは性格のことなのか？　性欲のことを忠告してくれたのだとしたら余計な心配だぞ」

　少なくともクランベールはそう思っていた。だが、後にこの時の自分の頭を叩《はた》きたくなったのは言うまでもない。


　結果として、ウラノスの予想通り、クランベールから求めた面会が実施されることはなかった。連日連夜の騒ぎのことはクランベールの耳に届いていたし、伯父が頭を抱えていたのも知っている。

　エフセリア王子の正式な面会が取り付けられていたにも拘らず、本人に履行する気がないのだから、クランベールが声を上げれば国交問題に発展させることも可能だった。

　そして、

「国王の評判も噂通りだったというわけだな。それならば、こちらもやり方を変えよう」

　クランベールは、保留していた自分の中でのシャイセス国王ダリアへの評価を一気に下げた。後宮に入って五日出て来ないという話を主計局の部下が拾って来た時にはさらに評価は下げられた。

　そんな最悪の状況の中で二人は初めて言葉を交わすことになる。


「新しい主計局長というのはお前か？」

　主計局に向かう回廊の途中、クランベールは立ち塞がるように前に立つ男の姿に一瞬眉を顰めた。金の房が幾つも下がり、金糸でたくさん模様が描かれた重そうな毛皮のマントを肩に掛け、腕組みする偉丈夫の顔を、クランベールは間接的に見知っていた。城の至るところに飾られた額縁、すべての庭園に必ず一つはある石像として。そして、噂として。

　シャイセス国王ダリアその人である。

　豪奢《ごうしゃ》な金髪を額から後ろに流し、上等の黒い衣服に包まれた体の下に見事な筋肉があることを主張している。背丈も高く、間近にすればクランベールは見上げなければならないほど大きいだろう。兄弟の中で一番背が高い第二王子よりも頭半分ほど高い。顎《あご》が引き締まれば男前はもう少し上がるだろう。

　加えてクランベールを見つめる明るい緑の瞳は、どう見ても好意的に解釈するのが困難なほど鋭く険しい。これからお前を殺すぞと言われても納得出来るほどだ。女性や子供に限らず、気弱な男なら腰を抜かすだろうし、国王という地位を知っていれば、その場で膝をつき叩頭《こうとう》してもおかしくはない。

そんな国王を前にして、クランベールは最初に眉を顰めただけで、後は日頃部下たちに対する時のように特に表情を作ることなく、淡々と答えた。

「主計局長はビリアン＝セッテだと認識しております」

「だから、セッテに代わってお前が新しくなったのだろうが」

「いえ？」

クランベールはさりげなく小首を傾げた。それはお前の勘違いだ、人事に確認すれば済むことだろう、そもそも主計局長の人事の任命権を持つのはお前だろうがという意味を多大に含むものだったが、国王がそれに気づいた様子はない。

「だがこれを見ろ！」

国王は上着のポケットから紙を数枚取り出し、クランベールの目の前に突き出した。丸めたままポケットに突っ込んでいたせいでぐしゃぐしゃになっていたが、見ればクランベールとビリアンの名、同時に不認可の印が押されている。クランベールにはここ数日で見慣れた金色の用紙は後宮諸経費を申請するための用紙だ。

「これに何か問題でもありますか？　不備がないのは主計局長まで上がって来るまでに確認済みですが」

「そんなことはわかっている！　俺が訊《き》きたいのは、なぜ経費が認められないのかということだ」

その言葉を聞いた途端、クランベールは国王の前で被《かぶ》っていた皮を一枚脱ぎ、そんなことかと小さく肩を竦め、瞳を細めた。王が不在の間に幾つも不認可の判を押した中で、険しい表情でやって来た理由が後宮に関することで低い評価がさらに低くなったのだが、当然王が知るはずもない。

国王――ダリアは反応の薄いクランベールに、はっきりとわかるほど頬を紅潮させた。好意から来るものではなく、単純に怒りのためであろう。

「これは後宮の予算だぞ。後宮、俺の妃たちのための予算だ。それを却下するとはどういう了見だ？」

声こそ若干抑えてはいるものの、怒気で膨《ふく》らんだ体と感情は、針で突けばすぐにでも破裂して噴き出してしまいそうだ。

「確かに後宮に愛妃は多くおりますね。十三人でしたか。ですが正妃ではありません。いずれの方も序列なく同等で、寵愛も等しいと聞いています」

クランベールはただ認識していることを述べただけだが、ダリアはそれを過ちを認めたと受け取ったようだ。ふっと怒気を緩めると、高慢な態度で命じた。

「そこまでわかっているなら早くこれを取り消せ」

さあ早くと急かすダリアだが、それをクランベールが認めるわけがない。

はぁとこれ見よがしな溜息をついたクランベールは、眉を寄せたままシャイセス国王へはっきりと理由を告げた。

「私の言っていることが理解出来ていないようだな。正妃でもなく、公務も行わない気分次第で変わる愛妃のためにつぎ込む無駄な予算はないと言っているのだが？」

口調が素のままだが、それはもう気にしなくてもよいだろう。言葉を見繕いながら話をしても、この国の貴族たちには伝わらないのだ。だから、クランベールも主計局長代理として城内に通うようになった後、早々と通常の態度に戻り、わかりやすいように端的な言葉で伝えるようになった。例外はない。

それが国王であっても。

それこそ国王不在の間、幾度となく後宮の担当とやり合いながら頑として却下し続けたものを、国王の一言で撤回するのは役人として責任感がないと言われても仕方がない。いや、実際に今まではそうやって誠意ある提案をしても国王とその周りの貴族たちに却下し続けられて来たのだ。王族の血を引き頑丈な体を持っている従兄が過労で倒れるはずだ。母親がエフセリア人なので、図太さが足りなかったのかもしれない。その分、シャイセス国の貴族たちの悪習に染まらなかったのだから、益の方が多いということで、人間的な問題はない。

（あんまりビリアンとは似ていないな。一応、従兄弟なのに。あ、でも目元が似てないこともないような……）

従兄弟というなら自分とビリアンも同じ条件だが少しも似ていないところは棚に上げ、どこか類似点はないだろうかとダリアの顔を注視していたクランベールだが、大きく足を踏み出したダリアに肩を摑《つか》まれ、反射的にその手を叩《たた》き落とす。それが悪手だと気付いたのは、次に手首を握られてからだ。

「貴様ッ」

クランベールも細身とはいえ男だ。再び自分に向かって伸びて来た手を、今度は肩に触れさせることなく持っていた書類挟みでパシリと叩く。かなりいい音がしたのは、各部署を回って引き取った用紙の束が親指の爪ほどの厚みを持っていたからに他ならない。軽く叩いただけだが、思い切り力を入れれば骨に罅《ひび》を入れるくらいは出来そうだ。剣技が苦手で武器を持たないクランベールが他国で身を護るための良い護身具にもなりそうだ。

思いがけなく痛手を与えることが出来たおかげで、手が離れたのをよいことに、クランベールはさっとダリアの横をすり抜けた。

「おい待てッ」

クランベールを捕え損ねたダリアが再び後ろから手を伸ばそうとする。だが、触れる直前にクランベールが振り返ったことにより、王の手は宙に浮いたまま止まってしまう。

「苦情があるならいつでも主計局室へ来い。懇切丁寧に相手をしてやる」

「……貴様、俺がシャイセス王だとわかって言っているのか？」

低い声が怒りで震える。これまで誰も国王に逆らわず、唯々諾々として意見も述べず、一緒になって遊び回っていた貴族たちとしか付き合いがなく、面と向かって反発らしい反発を受けたのはこれが初めてなのだろう。

（ビリアンも伯父も諭すように話してはいたんだろうが、強気には言えなかったはずだしな）

もしかすると他にもダリアにとって耳に痛い言葉を告げたものもいたかもしれない。だが、自分に都合がよいことしか聞かない耳ならば――。

「――いっそ切り取ってしまえばいい」

「あ？」

頭の中の言葉が思わずポロリと零れ出る。何のことかわからないダリアの訝《いぶか》し気な顔を見て、クランベールは言った。

「切り取ってしまえば愛妃と戯《たわむ》れてばかりいることもないだろう。その分これまで聞かなかった得難い人たちの言葉が心に響くようになるかもしれないな」

いや逆か。耳を切り取り、都合のよいことしか言わない貴族連中の言葉が聞こえなくなってしまえばいい。

「おい、切り取るとは何を切り取るんだ⁉」

　クランベールは、国王の前で初めて笑みを浮かべた。

「切り取られたくなければ、真面目《まじめ》に公務に励むんだな。先に言っておくが、七人も子がいるんだ。子作りとそれに類するものは公務とは認めない。それから」

　と、手に持ったままだった後宮関連費用に関する申請書――非認可済――をひらりとダリアの鼻先へつきつけた。

「後宮は金が掛かり過ぎている。これからも無駄なもの、不要なものは排除していく。どうせ泣きつかれて来たのだろうが、私は一切斟酌《しんしゃく》しない。金が掛かるお前の愛人たちにそう伝えておけ」

　後宮を担当する役人は既にクランベール側の人間だ。そこで堰《せ》き止められなくても、クランベールのところまで来れば不要な経費は跳ね除けることが出来る。

「商人を呼んで買い付けるのは好きにしていいが、その費用は自分たちが持っている範囲で対処しろとな。お前が立て替えてやるのも好きにしたらいいが、国王の個人資産でない場合、すべてが審査を通ると思うなよ。それでも不満があれば、さっきも言ったようにいつでも来い」

「おま……お前……俺は国王だぞ」

「それがどうした。今じゃ国庫を食いつぶすただの金食い虫だ」

　カッと目を見開いた国王は、ここまで自分を否定する言葉を吐かれたことがないのだろう。唇を震わせてただクランベールを凝視している。

　そんな偉丈夫を「ふん」と鼻を鳴らして冷めた目

で一瞥《いちべつ》したクランベールは、さっさと背を向けて歩き出した。まだまだする仕事は山積みなのだ。今ここで国王と話をする時間すらもったいない。

　追い駆けて来るかと思ったが、部屋までの間、声が掛けられることはなかった。

　部屋に戻れば目を通さなくてはならない書類が山のようにあった。苦情を言いに訪れていた貴族や役人が、クランベールが戻って来たことに気づき、大声を上げながら近づいて来るが、伯母から借りた護衛と秘書が手の届かない範囲に遠ざけてくれる。彼らに目礼したクランベールは、余計な音声を意識から排除して、顔色の悪い部下たちが懸命に動き回る職場を見回した後、自分もその中の一員となるべく椅子に座りペンを取るのだった。

3.

ダリアとの衝突があった以降も、クランベールの財政確保に向けての行動は変わることはなかった。正面からぶつかったのだ。今更顔色を窺ったり、相手を立てたりする必要性を感じなくなった分、行動が加速したとも言う。

今日のクランベールは昼過ぎから東にある第六庭園で石像撤去の指示を出しながら、作業の監督をしていた。

「この像を撤去するのも、私の陛下に対する苛立ちの表れだとか、顔も見たくないほど憎んでいるだとか、好き勝手言われているようだぞ」

屈強な技師と手伝いを申し出てくれた非番の騎士が、台座ごと像を持ち上げ荷車に積む様子を見ながら、クランベールは楽しげにウラノスへ言った。

「俺も部下に言われましたよ。クランベール様は陛下を見限ったんじゃないか、顔も見たくないから取り壊すのではないか、と」

口論で終わった初対面時、人通りが多いわけでもない場所だったのに、それなりに目撃者はいたようで、こうした噂を聞くのはもう何度目になるだろうか。

クランベールはひょいと肩を上げた。

「いくら意見が違うからと言って、ものに八つ当たりする気はないぞ。あれら趣味の悪い像を売却対象に決めたのは、陛下に会うよりも前。そもそも、最初は陛下の像だと気が付かなかったくらいだ。ウラノス、お前はあれの石像から陛下を想像することが出来るか？」

「……正直に言えば出来ませんね」

「そうだろう？　あの像を見て国王を連想するのだ

とすれば目が悪いとしか思えない」

　芸術展で準優勝した石工に作品依頼をしたそうだが、どこが良いのかさっぱりわからない。クランベールの主観では、ずんぐりな体型はダリアよりも中年の財務大臣の方が近いような気がするのだ。主計局の職員もそれには同意してくれた。

「私ならこれを自分と説明されれば、片っ端から壊して回っただろうな。受け入れた陛下の度量が広いのか、怒る対象にもならないのか、本気で気に入ってるのかのどれかだろう」

　一気にすべてを撤去するのではなく、作業は人通りの少ない庭や回廊に置かれたものたちから。日に数体ずつ他の石像と交換する作業は地道だが、意外とクランベールが気に入っている時間でもあった。作業自体は単調ですぐに終わるのだが、部下や騎士などが石像を発見した場所は辺鄙な場所、意外な場所が多く、自分の知らないそこへ行くのが楽しかったからだ。

　一番人目に触れる機会がある庭は撤去ではないが、真っ先に別のものに取り換えた。動物や伝説の乙女像など種類は様々で、金箔《きんぱく》を貼りつけて目立っているだけの物体より、よほど目に優しく風景にも馴染んでいた。

　石像は重い。クランベールが用意した荷車には、一台に二体以上乗せることが出来ないが、覚書きと地図を照会しながら確認すると、ゆったりとした作業ながら既に半数以上は交換済になっている
　今日の撤去は残りこの二体で終了だ。馬車は二度ほど城外の別の石工の工房と往復し、今日だけで六体のダリア像が城から出て行くことになる。金箔を剝がした後の石は、砕いて新しく形を成型して固め、石材として建築などに利用する。表面を覆う金箔は

すべてを回収した後、鑑定人立ち合いの元、競売に掛ける予定になっている。

作業員として荷車に乗り込んだ騎士たちが去り、庭園から少し離れた次回の作業予定地へと並んで歩いていたクランベールとウラノスだが、

「第二騎士団長、騎士団長全員集まるようにという将軍の伝言です」

第一騎士団所属の騎士が呼びに来て、ウラノスとはそこで別れることになった。

ウラノスはクランベールを一人に出来ないと一緒に戻るよう言ったが、普段から一人で散策しているクランベールはそれを断り、すぐ近くだからとそのまま散策に戻った。静かな回廊にクランベールの足音だけが響く。静かだなと思っても、寂しいとは思わなかった。むしろ反響音を楽しむ余裕もあった。

まだ古い石像が並ぶ空中回廊をしばらく一人で散策していたクランベールだったが、急に顔の真横に勢いよく伸びて来た腕に、石像を背に閉じ込められてしまった。

ドンッという音が耳元で大きく鳴り、思わず瞼を閉じたクランベールの体が石像に押し付けられる。冷たい石像は金箔を貼って見栄えこそよくしているが仕上がりが雑な分、妙な場所での凹凸も多く、それが背中に当たり、少し痛い。だがそれよりも目の前の男だ。

睨み上げる先にある精悍な男の顔。シャイセス国

王ダリアは、何が気に食わないのか怒った顔を近づけた。

いっそ鼻先まで近づけてくれれば顔全体がぼけて見えなくなってしまうのに、微妙な距離を保ったままのため正面から見えてしまう。鋭い緑宝石の瞳も、薄く開いた唇から覗く歯もすべてがクランベールに自分を見ろと主張する。

顔を背けようとするが、顎に手が掛かりそのまま固定されてしまえばもう、ダリアの顔を見つめるより仕方がない。

（書類挟みは……）

まだ手に持ってはいるが、重量のある体で圧し掛かられているのと、石像とダリアの腕との間に挟まれて動かすことが出来なかった。

（くそっ、趣味の悪い石像なんか早く交換すればよかった）

顔を動かすことが出来ないので目だけで石像を見遣って小さく舌打ちする。

だがそんな些細な仕草すら、自己中心と自尊心の塊のダリアには気に入らなかったようで、顎を摑む指に力が籠《こ》もり、つい睨みつけてしまったのは仕方がない。

（こいつ……）

ギラギラとした瞳。それはこれまでも耐えなく向けられた情欲を孕《はら》んだものに酷似していた。まるっきり同等でないのは、かなりの割合で怒気が含まれているからだ。

怒っている理由にはいろいろ心当たりがあり過ぎるため行動自体はさほど驚かないが、今この時というのが解せない。人通りのないこの回廊での出会いなど、見張っていなければ無理だろう。

しかし、と思い直す。

（最近よく見かけるようになったから不思議ではないんだろうが）

ダリアの顔は間近で見ても問題にならないほど造作が整っているが、だからと言って後宮の愛妃たちや側近の貴族たちのように頬を染めてうっとりと見るほどではない。国王会いたさに足繁く通う貴族やサロンでの遊び友達とはダリアに対して持っている前提としての感情が違うのだ。ここまで接近されても嬉《うれ》しくはない。

「……退《ど》いてくれ」

懇願するようで癪《しゃく》だが丁寧を心掛けて言うも、ダリアは眉を寄せたまま相変わらずきつくクランベールを睨んでいる。

クランベールは「はぁ……」と大きく息を吐き出した。この状態、この態度。第五王子が十代の半ばの頃に斜め方向に捻くれた挙句に拗《す》ねまくって、兄たちに突っかかっていたのと同じだ。兄王太子は「あれは構って欲しいだけなんだよ」と笑いながらいなしていたが、今のダリアの表情も態度も弟を連想させる。

（歳は三十二か三だったか。そんな男が拗ねても可《か》愛《わい》くもなんともないぞ）

それとも、そんなダリアを可愛いと言うものがいるのだろうか？　それぞれ特徴のあるきつい化粧をした名も覚える気もない愛妃たちの顔が思い浮かんだが、すぐに「それはない」と思い直す。彼女たちはダリア本人に多少の情はあっても、愛情を覚えるのは「国王」という地位なのだから。よい証拠が子供たちよりダリアを優先するということだろう。自分の化粧や買い物には熱心でも、子供たちはほとんど放置されている状態だ。一人くらいはまともな「母親」らしい情を持つ女がいるのではという期待は、後宮とやり取りする中で早々と消えてなくなった。

その結果、後宮から拾った子供たちの面倒を見ることになってしまったのだが――。

「何を考えている？」

「何って……子供たちのことだが？」

「子供……？　誰の子だ？　お前の子か？」

クランベールは目の前の男以上に眉を寄せ、不機嫌に言った。

「あなたの子のことだ」

どうして子供と聞いてすぐに思いつかないのか、信じられないクランベールに、ダリアは面白くなさそうに肩を竦めた。

「あなたの妃たちが育児放棄していたから私が面倒を見ている」

「ほう？　お前がか？　出来るのか？　子育てが」

出来ないだろうと言っているような男に、クランベールはふんっと鼻で笑った。

「兄弟が多いからな。子守も世話も慣れている。私の弟たちに比べれば大人しいものだ。七人いようが問題はないな」

見栄でもなんでもなく、それは事実だった。エフセリアには王子王女合わせて十人いるのだ。シャイセス国と違い、侍女の手を借りることはあっても、基本は自分でなんでも出来るように躾《しつ》けられている。上から順番に下の兄弟の世話をするように順送りするため、五番目の子供であり第四王子だったクランベールにとっては第五王子から第八王子、第二姫までが範疇《はんちゅう》だった。遠慮なく甘え、遠慮なく無理を言う彼らに比べれば、シャイセス国の王子王女たちは借りてきた羊以上に大人しい。

ついでだと、クランベールはダリアへもっと子供たちに目を向けるよう話すことにした。

「日に一度は顔を出せ。冗談抜きで、三番目から下はお前に会っても父親だというのを忘れていると思うぞ」

　上二人は十三歳と十二歳なので国王の顔くらいは知っているだろうが、その下は九歳からだ。上二人にしても、公務に就くわけではないため国王に会う機会はほぼなく、金の石像が父親の姿だと思い込み、実物の顔とすり替えられている可能性もある。

「愛妃との逢瀬に費やす時間のうちいくらかを子供たちに充てることは出来るだろう？」

　クランベールとしては子供たちを思っての発言だったのだが、ダリアの感情を再び怒りの方向に導くに十分な言葉がそこには含まれていた。

「妃たちか？　最近は顔も見てないがな」

「え？」

　思わずクランベールは訊き返していた。あれだけ毎晩通っていた愛妃たちの元に通わなくなったというのが信じられなかったのだ。シャイセス国王の夜の予約を取ろうと思ったら、ふた月前に申し込まなくてはいけないと真顔で言われるほど、ダリアの夜は忙しかったのだ。半分は愛妃たちと閨房《けいぼう》に耽《ふけ》り、残り半分は夜会だ保養だと城を不在にすることもあるからだ。

　あいにく、ダリアの夜の生活には興味がないため、詳しく耳に入れようとは思わなかった。遊興に耽るシャイセスの獅子《しし》王というのはエフセリアにいた時にも簡単に入手出来たダリアの特徴のため、今更だったのもあるし、夜の約束が取りづらいということがわかっていればそれでクランベールには支障も何も生じなかったからだ。

　その野獣のように愛妃たちを抱いていたダリアが顔も見ていないというのは……。

「よい薬師を手配しようか？　秘密は厳守だ。愛妃たちだけでなく、夜会で抱いた女からうつされたかもしれない。紹介する薬師はシャイセスともエフセリアとも関係のない国の隠者だ。隠れて治療するにはうってつけだぞ」

男がぴたりと抱かなくなる時は、浮気相手に熱中しているか、情が冷めたか、悪い病気をうつされたかした時だけだ。ダリアの場合、前二つはどう考えても該当しないので、性病だと判断したクランベールだったが、

「誰が病だ！　俺はどこも悪くない。毎晩元気に勃っている！」

「……耳元で喚《わめ》くな。煩《うるさ》い」

男としての自尊心を傷つけられたのか、ダリアの大声はクランベールの耳を直撃した。塞ぎたいところだが、囲われている体の中で自由に手を動かすことが出来ず、眉を寄せて睨むことで不快を示した。

「お前が余計なことを言うからだ。ああそうだとも！　お前が後宮の予算を減らしたせいで、俺への当たりが強くなって来たんだぞ。閨の中でどうして金の無心をされなければならないんだ？　注文していた宝石の首飾りの支払いが出来そうにないから出して欲しいだの、マドレーヌより明るい紅が欲しいが買ってくれないだろうかだの、ミイナは俺を喜ばせるために新しい肌着を作りたいと言うし」

「それで？　それであなたはどうしたんだ？」

「それをお前が言うか、クランベール」

「まあな」

半眼で睨《ね》め付けられ、クランベールは肩を小さく竦めた。

クランベールが進める財政改革の中で最も減らされたのは、言わずもがな国王に国庫から支払われる

給与、早い話小遣いだった。これまでは何よりも優先して確保されていたその枠を、数々の試算をもとに案を作成し、半分まで削ることに成功したのだ。それ以外にも貴族たちへ支払われていた交際費という名目を軒並み半減。会議は阿鼻叫喚《あびきょうかん》と化したが、なくて困るものはないときれいさっぱり切り捨てた。何せ、今の国庫の状態から考えると、必要なところに回したい資金が圧倒的に不足しているのだ。あるところから奪い取って何が悪いというのが、クランベールを頭として会議に参加した主計局に勤務する下級役人たちの偽らざる本音だった。

早い話、シャイセス国で最も浪費が激しかった部門——国王と愛妃の給付が下がり、自由に「無駄遣い」出来る金がなくなったというわけだ。

クランベール自身、彼らが使い込んだ金額を見た時に、噂以上だと驚かされた。財務省は、国王を始めとする貴族たちにとって自分たちの欲望を叶《かな》えるための金を無限に産み出す底無しの壺《つぼ》で、有限だとは爪の先ほども予想していなかっただろう。

国庫の中身がどうなっているのかを知っていればそんな使い方はしなかっただろう。だが、税をいくら取り立てても増すばかりの支出に収入が追い付かないことは、少し調べただけで気が付けたはずなのだから、そう出来なかったのは地位の高いものたちが揃って無能だという証拠でもあり、そしてそれは無能者の頂点に立ち、ちやほやされるまま金をばらまいた男の責任でもある。

「俺は偉大なるシャイセス帝国の血を引く国王だぞ。贅沢も許されないとはどういうことだ」

「限度を越えなければいいだけの話だろうに」

至極真っ当なことを言ったつもりだったのだが、この浪費大王には違ったようだ。

「限度？　そんなものは知らん」

堂々とそう言いのけるダリアは、心底からそれを疑っていない。獅子帝と謳われたシャイセス帝国の初代皇帝の再来だと周囲に持ち上げられながら成長すれば、こういう男になるのかもしれないとクランベールはこっそりと思った。

獅子帝の話は物語としても有名で、年齢性別関係なく人気がある。クランベールはまだ観たことはないが、王都の老舗劇場では毎日一回は獅子帝譚が上演されている。

そういう状況で育てば一般の感覚からずれ、「自分が一番偉いから何をしても許される」という思考になるのもわからなくはないのだが、

（三十過ぎの男がそれでは為政者としての資質がないと言われても文句は言えないぞ）

これは真面目に王子たちの教育が出来る人間を早急に雇う必要がありそうだ。ダリアは手遅れにしても、子供たちはあの愛妃たちの図々《ずうずう》しさがない分、修正は可能だ。

（そう考えると、こいつや妃たちが子供たちに関心がなかったのはよかったというべきなんだろうな）

それでも、伯母たちの要請でクランベールがシャイセス国に来ていなければわからなかったことで、仮に放置され続けていれば十年経たずにシャイセスという国の名が世界から消えることになっただろう。今はクランベールら主計局のものたちが建て直しを図っているが、次代が育っていなければ没落するのははっきりしている。

（いや、まだ間に合う。こいつがまともな王になりさえすれば……）

果たしてそれは叶うだろうか？

現在クランベールたちが急務としているのは、国

民生活の立て直しだ。食糧の確保は最優先で、それらを他国から買い入れるために引き出しているのが、これまで長きにわたって貴族に流れていた貴族手当という名の、まったく身のない給付金。その対象には国王と愛妃も当然含まれる。

（そもそも愛妃に手当があるのがわからない。それは妃ではなく、外に囲っている愛人と一緒だぞ）

金が切れれば新しい男を探しに行く。中には誠実に慕う女もいるだろうが、囲う側に愛情がなければさっさと逃げ出すだろう。

（この男に愛情は……ないな）

うん、と小さく頷く。性欲を発散させることが出来ればそれで満足で、子供が出来たのも毎夜の情交の延長。

（遊びに掛ける金は甚大で、かといって市井にばらまくほど人格者ではない。あくまでも自分本位で事を進める……ろくなもんじゃないな、こいつ）

弟フランセスカの夫である十九歳のカルツェ国王の方が、立派に国王をしている。

（苦労なんてしたことなさそうだ）

ということはつまり、今が最大の苦労なのかもしれない。

（金は貯《た》める方が好きな私とは正反対だな）

今のクランベールの楽しみは毎日上がっていく収支報告書と国庫の残金だ。数値が溜まっていくのを感じるのは、史上最高の喜びではないか。

（可哀そうだな、貯蓄の楽しみを知らないなんて）

だからつい憐《あわ》れみの目で見てしまったのだが、それがダリアの癇《かん》に障ったらしい。

「今俺を馬鹿にしただろう⁉」

顎を摑む力がまた強くなり、口が開けなくなったクランベールは「違う」と首を横に振る。それで力

が弱くなったのを幸いと、

「馬鹿にはしていない。ただ可哀そうだと思っただけだ」

「可哀そう……だと？　俺のどこがだ」

「教えるには時間が足りない。ここで夜明かしをしたいのか？」

「……貴様、それでは俺がまるで欠点の塊のようではないか」

　自分の中ではその位置づけで間違っていないが、言うと激高するのは間違いないので口を噤《つぐ》む。既に憤怒状態のダリアなのでさらに燃え上がらせてもよいが、人目がない場所で暴力に訴えられるのは好みではないのだ。

　これでも一応は自制をしているのか、ダリアが拳を上げることはなかった。加減はしてくれているのだろう。顎は痛いが。


「顔が曲がったら責任を取って貰うからな」

「あ？」

「その手だ！　いい加減に摑むのを止めろ」

　睨みながら言うと、一瞬気を抜かれたのか獰猛さが消えた。

「痛いのか？」

「これで痛くないというのは特殊な性癖の人間だけだ。私にはそんな嗜好《しこう》はない」

　きつく言いながら首を横に振ると呆気《あっけ》なく手は離れた。だがまだ閉じ込められているのは変わらない。

「――いい加減離してくれないか？　もう用はないのだろう？　こういう体勢で迫りたいなら愛妃や愛人のところにでも行け」

「……用はある」

　そう言ったダリアの目は深く暗い色を湛えていた。

「城にいても自由に出来ないなら実家に帰ると言っ

ている」

「それは自由に贅沢出来ないからという意味だろう。帰りたいなら帰させればいい。ついでに愛妃も解雇してしまってくれればその分予算が浮く。一人でも二人でも、減れば減るほど嬉しいことだぞ」

愛妃たちの贅沢に歯止めを掛けてはいるが、実は一番掛かるのが彼女たちの生活を支える維持費だった。後宮に滞在するだけで侍女や料理人の数も増える。だがそれにも限度があり、一番侍女が多かった愛妃は五十人の侍女を連れていた。勤め先を見つけて半分に減らしたが、それでもまだ多い。愛妃たちが身の回りの世話をするために後宮で雇っている人数は平均が四十だ。これに種別の馬車や馬が愛妃ごとにある。

残っている彼女たちの世話係は、実家から連れて来たものたちだけで、主が主なら侍女たちも侍女たちで、揃いも揃って高飛車なため、城に勤めているものたちからは不評だ。出来るなら彼らにも早急に出て行って貰いたいものだ。

しかしそこにも問題がある。彼女たちが出て行くのは大歓迎だが、そうすると公然とダリアの夜の世話をするものがいなくなる。それで我慢出来ればよいのだろうが、精力旺盛なダリアが我慢出来るはずもない。高級娼婦を手配するのも金が掛かる。かといって、城勤めの侍女や貴族女性に手当たり次第手を出されても困る。そもそも愛妃たちもそうやってお手付きになり後宮に入った経緯があるものもいるのだ。

クランベールが聞いた「噂話」によると、十三人の側妃の中でもダリアの子をなした愛妃は五人。五人の愛妃がいるのは夜の務めを交替にすることで、体力を根こそぎ取られるのを分担しているのだとか。

獅子帝も精力旺盛で最盛期には五百人を超える美姫を囲い、毎晩のように複数の女たちと交わっていたとか。それでも政治的手腕はあったから、支持も大きかった。ダリアには、国民から支持されるものが何もない。国庫が破綻すれば、民衆は一斉に城へ押し寄せ、ダリアの首を取りに向かうだろう。

「去勢……」

一瞬浮かんだその言葉は無意識に零れてしまっていたようだ。

圧《お》し掛かっているダリアの巨体が強張《こわば》り、少しだが距離を開けたのがわかった。

「お前……っ、それは俺が的じゃないだろうな？」

「それでも構わないだろう？　跡継ぎになる子は七人もいる」

「だからと言って去勢する理由はない！」

「去勢されたくなければ閨の相手は愛妃だけにするんだな。無垢《むく》な女性に手を付けて庶子が大量に出て来られては困る」

「……愛妃か……」

「五人もいれば十分だろう。それともまだ欲求不満なのか？　私に当たり散らすより、愛妃のところへ行って慰めて貰えばいいだろうに」

体で、とは口にしなかったがダリアには伝わっていた。その上で、また瞳の翳《かげ》が深くなる。

「それが出来ればわざわざお前に文句など言いに来ない」

つまり、ここで会ったのは偶然ではなく、待ち伏せは現実的ではないから後を付けていたということになる。

「――そんなことをする暇があれば仕事をしろ。お前たち上がしない書類仕事が全部こっちに回って来る。私が好きにしていいならそれでもいいが、お前の権威は地に落ちていることをいい加減理解しろ。

獅子王だか何だか知らないが、為すべきことを為せ。そうすれば後宮からの好感度も上がるのではないか？」

きつい内容とはいえ、行動を改めた方がよいと善意で忠告したつもりなのだが、

「……後宮にはしばらく通わん」

絞り出したダリアの台詞《せりふ》に目が丸くなる。クランベールのこういう表情は珍しいのだが、ダリアがそれを知るにはまだ付き合いが長くないため、気づくことなく続けた。

「愚痴だなんだと毎回毎回うんざりする」

言ってダリアはニヤリと口角を上げた。

「一番多いのはお前の悪口だ。襲われないよう気を付けるんだな」

「――忠告は素直に聞いておく。それで、私の悪口ばかり聞かされるから嫌になったというわけではないだろう？　一緒になって盛り上がりそうだものな」

「自分のことをよくわかってるじゃないか」

ふっと笑みを浮かべ、クランベールの顎の線を撫でる。また掴まれるかと思ったがそれもないようで安心はしたが、体勢が体勢だけに辛《つら》い。

「好きなだけ悪口でもなんでも言ってろ。その前にいい加減、退け」

「自覚はあるんだな、好かれていないと」

「好かれていないどころか憎まれていることくらい承知だ。だからお前が言ったように刺客の心配をしなくてはいけない。もしも刺客を出すことがあれば事前予告してくれるとありがたい」

後半は冗談交じりだったが、ダリアは途端に不機嫌になった。

「刺客を放つと言えばお前は自分がやっていること

を止めるのか？」

「止めない」

「ならば無駄だ。完全に止《とど》めを刺せるなら別だろうがな。だがお前は王子だ。お前に手を出すと、セッテ家が黙っていない上、エフセリアが敵に回る。そこまで無謀ではない」

「しつこく何度も撤回しろと言われるのも私には気分のよいものではないのだが？」

そもそもの原因はシャイセス国の貴族社会が腐っているところにある。ダリアが率先して悪い手本を見せているようなものなので、クランベールとしては何をするにもまず自らの生活態度を改善しろと言いたい。だが、この国王に手本となるべきものがあるかどうかと言えば、難しい。それこそカルツェ国まで拉致して、清貧な生活と国主としての立ち居振る舞いというものを学んで欲しいくらいだ。

実行に移すのは伯母たちの協力があれば可能だ。だが、ある意味国王らしい国王をあの長閑《のどか》な国に放り込むことで、弟たちの生活が乱されるのは本意ではない。

「俺もそうだ。お前のせいで夜会も減った。酒の回数も減った。女たちは生活が貧しくなったと泣き、怒り喚く。抱く気もなくなるわ」

「……それ」

クランベールは先を言いかけて、口を閉ざした。ここではっきり言ってもいいのだが、確実に怒る。

「なんだ？」

「なんでもない」

「言え」

「……」

「何を言うか知らないが、今更だろうが。その口で」

と言いながら、クランベールの唇を指でなぞる。

「お前の口から俺を褒め称える言葉など、一度も聞いたことがない」

　ゆっくりとなぞる指の感触が妙に心地悪さを覚えさせる。そのせいではないだろうが、自然に開いた唇は言うまいと思っていた言葉を告げてしまう。

「――単なる金づるとしか思われていないぞ。あなたが財務省を金を産む場所だと勘違いしているのと同じように、愛妃たちはあなたから与えられる金が目的なんだろう」

　どういう意味だと眉を寄せたダリアに、クランベールは顔を横にして、顎で石像を指した。

「金の生る木だったのが、肝心の金という実を取れなくなってしまった。それを耐えられないというのなら、愛妃たちが愛しているのは国王ではなく、国王が持つ金だ。体を重ねるだけで大金貨を何十枚も、一番多い時で二百枚も与えたそうだな」

「どこでそれを？　いや、構わないだろう。妃に贅沢をさせるのは男として当然だ」

　どこが悪いのかというダリアの言葉は、現在必死に財政を立て直そうとしているクランベールの働きを真っ向から否定するものだった。

（悪気はないのだろうが……）

　ダリアの言うことはわかるのだ。それがあまりにも逸脱した金額でさえなければ、目を吊《つ》り上げて怒るほどのものではない。しかし、上限知らずの贅沢を「当然」と言ってしまうところは金銭感覚が抜けているとしか言えない。

（抜けている、ではなく最初からないのだろうな、この男は）

　欲しいものはすべて手に入れて来た。どれもが金で解決出来た。金さえあれば、金さえ与え続けていれば怖いものは何もない。それがシャイセス国王の系譜だ。本当に、これまで倒れずに維持出来ていたのが不思議なくらいだ。

「もっと端的にわかりやすく言うと、金を引き出せないあなたには興味がないということだ」

わかったか、と見上げると、唸《うな》るような声が喉から出るのが聞こえた。

「そんなはずはない。確かに強請《ねだ》られたりはするが、甘えと思えば可愛いものではないか」

「甘えと思い込まなければいけない時点で誤りだぞ」

「そんなことはない。好きだ愛していると何度も言われている」

「それくらい簡単に言える。贈り物がなく、贅沢な生活が出来ないならと見限られるなら、あなたに魅力がないからだ。あなたは私が撤去させた石像と同じだ。金がなくなれば誰からも見向きもされない」

「石像は動かないが俺は動く！　体で満足させていた！」

「本当に？　愛妃たちは本当に満足していたと思うのか？　さっきも言ったが、口では何とでも言える」

「……だがッ」

「しつこい。私がいくら言っても信じないならそれはあなたの勝手だ。そもそもあなたが私を信じているはずがないから、最初から何を話しても通じないということだ」

「なに……？」

「無駄な時間を過ごしてしまった」

心底嫌そうに眉を寄せ、顔を下に向けて舌打ちしたクランベールが思わず漏《も》らしたのはまさしく本音だったのだが、それをよしとしないのがダリアという男だ。

「俺を侮辱しているのか？」

「侮辱……ではないな。事実を述べているだけだがそれを侮辱と感じるのはあなたの勝手だ。とにかく、そこを退け」

「退かないと言ったら？」

　ぐっと近づいて来た顔と圧し掛かる厚みに、クランベールはすっと唇に笑みの形を浮かべた。少しだけ開いている隙間《すきま》を使い、思い切り膝を蹴り上げた。

「……ッ！」

　それほど勢いをつけたわけではなかったが、さすが急所なだけある。股間を直撃されたダリアの顔が歪《ゆが》み、クランベールを囲っていた腕もさすがに外れた。膝をつき、股間に手を当て悶絶《もんぜつ》し、冷や汗を浮かべながらも睨む胆力には感心するが、だからと言って簡単に動けるはずもない。それに今のダリアの状態なら、いくら体格差があり運動が不得手なクランベールにも床に転がすくらいのことは出来るだろう。

「貴様……っ」

「さっきから退けと言い続けていたのに聞かないあなたが悪い。だがよかったじゃないか」

「……何が」

　恨めし気に下から見上げるダリアに、クランベールは心から楽し気に告げた。

「愛妃のところへ行く理由が出来ただろう？　愛妃に看てもらえ。ついでに慰めて貰えばいい。ただし、使い物になればの話だがな」

　高慢で威張っている男を上から見下ろすことの何と気持ちよいことか。

　これまでそれなりに我慢をして来たクランベールにとって、今が初めて「やり込めた！」と思える瞬間だった。

（これはなかなかにいい眺めだな）

　クランベールの前に膝をつく男は今までにも多く

いたが、相手が国王では感じ方も違う。

（癖になったら困るな）

悔しそうに見上げる瞳がいい。これもある意味で快感だ。

とりあえず、せっかく抜け出すことが出来たのだから我儘な男に付き合うこともない。

未だ膝をつき、揉《も》むように自分の股間を気にしている男を見て薄い笑いを零しながら、クランベールはさっさと歩き出した。

「少しだけ情けを掛けてやる。この回廊の入り口はあなたが出て来るまで誰も入れないように、親衛隊に言っておく。そんなに強く当たったとは思えないから、もう少しすれば収まるだろう。それから愛妃のところに行けばいい」

「俺はお前に話が」

「それはもう聞いた。話があるなら、ここではなく主計局室にどうぞ」

以前にも言った言葉を再度告げる。そう念を押しても、一人になった時にやって来るのだからどうにかして欲しいものなのだが。

「それでは」

蹲《うずくま》る国王に向かって、胸に手を当て礼を取る。洗練された見事な動きだったが、受け取る側にとっては嫌味のように感じられただろう。

「覚えてろ……。この屈辱、忘れんぞ」

「正当防衛だ、ダリア陛下」

クランベールは上から見下ろしながら微笑んだ。

「それではダリア陛下。今度は主計局室、もしくは会議の場で会おう」

背中越しにひらひらと手を振りながら歩くクランベールの長い上着の裾と高く結った薄紫色の髪が揺れる。自分の背中に注がれる視線は、どこか少しだ

け気持ちよさを感じさせた。


　クランベールは乗馬の練習をするため、城内の端にある馬場へ向かっていた。主計局室ではだいぶクランベール流のやり方が浸透して仕事の進み具合も大きく前進して来たため、たまには息抜きをと勧められるまま外に出ていた。隣を歩くのは護衛として自主的に付き従っている第二騎士団長ウラノス。乗馬を得意としないクランベールには、最適な人選だ。

　そうやってのんびりと最近の城内の様子などを話しながら歩いていたのだが、建物が途切れた場所で、ウラノスが顔を寄せて囁《ささや》いた。

「クランベール様、陛下が先ほどからずっと後を付け……同じ方へ歩いています」

　言い直しはしたものの、ほとんど声に出した後なのであまり意味はない。実際、先日の石像の回廊での出来事以来、外を歩けばダリアがもれなく付いて来るということが続いていた。

「知ってる。そもそも隠れる気がないだろう、あれは」

　ちらっと後方に顔を回すと、柱の陰から半分見えている巨体が目に入る。シャイセス国の城は頑丈さよりも華美を優先されているため大体において繊細な造りをしているが、あちこちで建物を支えている柱は流石にそれなりの太さを持っている。クランベールなら衣装の裾が見えるか見えないかという程度で、ほぼ隠れてしまえる幅と厚みがある。しかし、余分な肉と脂肪がついてはいても、一応は筋肉で覆われた立派な体を持つダリアはそうはいかない。派手な真紅のマントと屋内でも光り輝く豪奢な金髪が見えないとでも思っているのだろうか。もし本当に気づいていないなら考えなしもいいところだ。ば、で始まる悪口がつい出てしまいそうになるくらいには。

「気にするな。放っておけ。用があれば話し掛けるだろう」

「クランベール様がそう仰るのでしたらそれでいいのですが……」

第二騎士団長としては仕える主の動向は、クランベールのように気にしないわけにはいかなさそうだ。生活態度や勤務状態を改め、改心したとは言え、国や国王への忠心は厚い。どうしてあんないい加減な男を見捨てることなく今も忠誠を誓えるのか、本当に不思議だ。

だが、ウラノスは視線だけ後ろに向ける仕草をした後、苦笑した。

「クランベール様と陛下が対立した時には、国民の利になる方につく覚悟は出来ています。ただ、あの方も害悪というほど悪い方ではないので、心境としてはかなり複雑です」

「国が潰《つぶ》れそうな元凶なのに？」

隣を見上げると、苦笑が深くなった。そして自分の頬を軽く叩きながら白状する。

「いえ少し前の自分を見ているようなので……」

「なるほど。それは一番わかりやすい理由だな」

「ええ。今になって思うと恥ずかしい限りなのですが」

「ウラノス、それはダリア陛下が恥ずかしい男だと言っているのと同じだぞ？」

横目で見上げて笑いながら指摘すると、ウラノスは困ったように笑いながら短い黒髪をがしがしと掻《か》いた。

「いえ、自分に比べれば陛下の方が」

「そこは否定せずに胸を張って、そうです、と言え。どこから見てもお前の方がいい男だろう？」

「さあどうでしょうか。陛下が改心なされればクランベール様の評価も変わると思いますよ」

クランベールは立ち止まり、一歩先で振り返ったウラノスへ首を傾げ、親指で肩越しに後方を指した。

「あの国王陛下が改心すると思うか？」

ウラノスは凛々《りり》しい眉を寄せ、クランベールを見下ろした。

「家臣としてはそうあって欲しいのですが……。それにクランベール様が立て直そうとしているこの国は、陛下がいなければ立ち往きません」

「浪費尽くしで国庫を破綻させていてもか？」

「……それがなければ許容範囲ではないですか？実際に、クランベール様が経費関連に携わるようになって陛下も簡単に使えないようになっていますし」

「確かにな。だが、本人が自発的に無駄遣いを止めなければ同じことだ。ウラノス、お前も他の連中も忘れているようだが、私はいつまでもこの国にいるわけではないぞ。予算運用の目途が付き、ビリアンに引継ぎを終えたらエフセリアに帰る。私が去ったからと言って、また浪費が始まれば今度は一気に崩れるだろう」

「やはり陛下次第ですか」

「そうだ。よくも悪くも、国王は国の顔だ。悪王と善王ならどちらを民が望むかなど論じるまでもない」

「しかし、陛下が退位なさっても跡を継ぐものがいません」

「王太子がいるじゃないか」

「王太子殿下ですか。しかしまだお小さい」

ウラノスは眉を顰めた。

「小さい間は前王弟のマルス＝セッテに代役を務めさせるのも手だ。ダリアと同じ年代のビリアンが王座に座るよりその方が貴族たちは納得しやすいだろう」

ウラノスの前で敢《あ》えて言わなかったが、王族という血を尊ぶ貴族たちは、流れている血統が初代と同じなら、誰でもいいと思っている節がある。要は自分たちが贅沢な生活に身を置くことが出来ればそれでよいのだ。

しかし、ダリアが退位した状況では、親衛隊や取り巻きだった貴族たちも軒並み失脚し、表舞台からは退場した後だ。人材不足をどう乗り切るかも王に掛かって来るとわかっていれば、誰も王冠を頭に載せる気はないだろう。特に伯父のマルスは、伯母がクランベールを呼んだ理由――財政が破綻寸前なことをよく知っている。困難な時代に率先して引っ張っていくだけの度胸はない。マルスが王になり、王妃となった伯母エレノアが辣腕《らつわん》を振るう姿の方が容易に想像つく。

（その方がこの国のためになりそうな気もするな）

いつの間にか出来上がっていた古い慣習に囚《とら》われて、国政を蔑《ないがし》ろにする貴族たちよりよほどいい。クランベールの中で、シャイセス国の貴族たちはそこまで見下されていた。

貧しくても、国民のために善き王になろうと日々努力しているカルツェ王の誠実さは、事あるたびにダリアとの比較対象になっていた。

「クランベール様は本当にいつかいなくなってしまうんですね」

「ビリアンの繋ぎにしか過ぎない私に過剰な期待をされても困るぞ？」

「過剰な期待をしてしまうほど優れた手腕を持って

いるからこそですよ。第二の連中もクランベール様がいなくなれば寂しがることでしょう」

「そうか？」

「ええ。怠惰な生活に慣れ切っていた自分たちを厳しく指導してくれたクランベール様は、今や第二の憧れの的ですよ」

　ウラノスの声にも表情にも心の底からそう思っているのが伝わってきて、クランベールは照れ恥ずかしい気持ちになる。かなりきついことも言ったし、最初は反発も多かったがそれが報われたようで嬉しい。仕事は仕事だと割り切ってはいても、国が沈むかどうかの大きな難題を抱えていると、かなりの集中力、それに気力が要求されるのだ。

　感情をほとんど排除して淡々と働く自分のことを、そんな風に言ってくれるのはやはり嬉しいものだ。仕事として請け負っただけで見返りなど最初からないものとしていただけに、なおさらだ。

「クランベール様、もしかして照れています？」

　横合いから覗き込むように近づいたウラノスの顔をクランベールは片手で押し返す。その直後、後方で大きな音が聞こえ振り返ると、青銅の騎士像が掲げていたはずの槍の中ほどから先がなくなっていた。

先ほど視界の中ではちゃんと穂先まであったので、腐食が進んで脆《もろ》くなっていたと思われる。材質不良や強度不足だと思われるが、どちらにせよ優先されるのは見栄えを重視した結果だろう。ダリアの石像など、金箔さえ貼ってあればいいというところがあったのだ。他の像にも同じことが言えるだろう。

（ダリアの像だけじゃ駄目だな。他の像も順次入れ替えるか撤去した方がよさそうだ）

　あくまでもクランベールは現実的で、同じく後方を振り返ったウラノスの顔が引き攣《つ》ったように見えたのは、意外と高価な像だったからかもしれない。一つだけ、あの辺にいたはずのダリアが壊れた槍で負傷しなかっただろうかという懸念はあったのだが、悲鳴も怒声も聞こえなかったのでおそらく大丈夫だと思うことにした。

（指先の掠《かす》り傷だけでも大袈裟に騒ぎそうな男だしな）

あの真紅のマントも重いだろうに見掛ける時には絶対に羽織っている。ああいう大仰なものは式典や儀式の時だけでよいだろうにと見るたびに思うのだが、権威というものを履き違えている男には何を言っても無駄だろうと思うだけに留《とど》めていた。

（本当に話が通じないからな。向こうにしてみれば私の方が何を言っているのかわからないのかもしれないが）

貴族上位の国はどこにでもある。だが、ここまで捩《ね》じれ曲がり歪《いびつ》な貴族至上社会を形成している国はそう多くはない。もっと酷い専制君主の国に比べれば、ただ遊興に耽るだけで民を直接虐げる残虐性がないだけましだとは思うが、言い換えれば民に関心がないのも同然で、尚且《なお》つ先立つものがなければ将来は望めない。

人はエフセリアの第四王子のことを「守銭奴」だとか「吝嗇家」だとか言うが、ただの倹約家だ。貯蓄は趣味と言っていいほど好きだが、決して吝嗇ではない。使うべきところには惜しみなく使う。散財するダリアと倹約するクランベールのどちらがましかと問われれば、疲弊し掛けているこの国の民ならばクランベールを推すだろう。なにせ、国王や貴族が散財しても、善良な民のほとんどには何ら恩恵がないのだから。

「そんなことより早く馬場に行こう。馬を見せてくれるんだろう?」

「ええ。クランベール様の指導で馬たちの体調もよくなりましたし、新しい馬を仕入れることも出来ました。馬はクランベール様の伝手《つて》だと聞いていますが?」

「以前に知り合った商人だ。砂漠で鍛えられている馬だから足腰は丈夫だぞ」

「以前から思っていたのですが、交友関係が広いのですね。言っては変ですが、身分の高いものよりもそうではない人の方が多い」

　クランベールは考えるように首を傾げた。

「どうだろうな。どちらも半々だとは思うが、確かに普通の王族なら地位の低い民との交流はないのを考えると、多い方なのだろうな。だが、エフセリアの王族はそれが普通だぞ?」

　福祉関係に携わっていた姉や弟は普通に孤児院や施設へ行っていたし、出入りの業者とも話をしていた。農業関係の仕事をしている弟は一緒になって畑仕事をすることもあるし、かなり自由に動いている。それもこれも、王族と国民との関係が良好だからなのだが、それを維持するのも大変だということは父国王や兄王太子を見ていれば気づいて来る。そうして子供たちは育ち、王族としての心構えとエフセリアの民としての誇りを身に着けていくのだ。

　馬場が見えて来た辺りでクランベールはそっと後ろを振り返った。建物が途切れた開けた場所なので、後を付けていたダリアの姿は近くには見えなかった。姿が見えたとしてもあの自分が中心だと疑いなく信じているダリアなら、堂々としていそうだが、さすがに後を付けるという行為に後ろめたさを感じているのだろう。そう思いたい。

　緑の草が一面に広がる広い放牧場、そして馬場には多くの馬が自由気ままにいた。ある馬は草を食み、ある馬は駆け回り、仲良く並んで駆ける馬もいれば、茫洋《ぼうよう》と立っているだけの馬もいる。白黒茶、以前は痩せていた馬体も、遠目にもはっきりとわかるほど逞しく、毛艶もよかった。

　乗馬は苦手だが馬は好きだ。馬だけでなく動物全般を好きなクランベールが柵に手を掛け近づくと、気づいた馬の何頭かがすぐに駆け寄って来た。

　そのまま鼻面を寄せ、甘えたように擦り付ける。

「こら、そんなに顔を寄せるな。頭は噛《か》むなよ。髪も引っ張るな」

　笑いながら鼻面を撫でると、気持ちよさそうに目を閉じる。

「よく懐いていますね」

「ああ、この子たちが具合が悪かった時に気づいてやったからだろう。元気になってよかったな」

　微笑を浮かべながら撫でると、馬たちは我先にと顔を近づけてくる。

「ははは。クランベール様のそんな顔は初めて見ますよ」

「そうか？」

「ええ。どうします？　乗るならこの馬でもよいですが」

「いや、元気になったとは言ってもまだ無理はさせない方がいいだろう。他の馬で頼む」

　そう言うと抗議をするように、結った髪を馬が咥《くわ》えて引っ張る。

「こらっ、噛むな引っ張るな。調教師から完治したと言われたら乗ってやるから」

　慌てて髪を取り戻し柵から離れながら馬を諭す。離れていったクランベールに馬は不満そうだ。

「本当にクランベール様は馬から好かれやすい」

「どうせ好かれるのなら、上手に乗せて貰いたいものだ」

馬に引っ張られた時に落としてしまった髪飾りを拾い、乱れた髪を結いあげる。

「自分が差しましょう」

「ん？　助かる」

クランベールの手から預かった簪《かんざし》を丁寧にウラノスが差し入れる。自分で差すと腕を上げなくてはならないが、上からなら楽に飾りをつけることも出来るのだろうなと、長身のウラノスが羨《うらや》ましい。

（ウラノスだけじゃないな。シャイセスの男は誰もが大きい）

痩せ細ってはいても国民の多くも体格がいい。帝国時代に北方の巨人族の流れを組む民族との姻戚が盛んだったせいだと言われている。むしろシャイセスの民の方が他の国の民と違い、浮いているのかもしれない。

そんな体の大きな彼らを乗せるのだから、馬も品種改良のために交配が繰り返され、目の前にいる馬はエフセリアでよく見る馬よりも一回り以上は大きく見える。砂漠の馬を売る商人がシャイセス国を訪れるのも、足腰が丈夫という点が大きく評価されているからだ。

ウラノスが連れて来た馬は馬場にいた馬の中では小柄な方で、これならクランベールも乗り易いと思われた。しかし、

「……すまない」

鐙《あぶみ》に足を掛けたまではよかったが、手綱を引いて自力で背に跨《また》がることが出来ず、ウラノスの組んだ両手に片足を乗せ、跳ね上げる勢いで乗るしかなかった。

これにはクランベールも申し訳なさに謝罪の言葉

が出る。

「いえ。しかしクランベール様は軽いですね」

「そうか？　それはお前たち騎士が大盾《おおだて》や槍を使って重いものに慣れているからだろ」

「そうでもないですよ。貴族の男性に限らず女性たちもそれなりに重いですからね」

　クランベールは城内で見掛ける貴族の女たちの姿を思い出した。飽食による慢性的な肥満だけではなく、大量の宝飾品にたっぷりと生地を使った衣装を纏っているともなれば、ウラノスが苦笑するように確かにお世辞にも軽いとは言えないような女ばかりだ。

「クランベール様は乗馬服を着ていますし、馬にも親切でしょう。黄金の鞍《くら》を乗せるわけでもないですしね」

「黄金の鞍？　なんだそれは？」

　おや？　というようにウラノスは眉を上げた。

「ご存知なかったんですか？」

「知らない。名前から予想すると金箔を貼った鞍のようだが」

「それならまだましですね。言葉通り、金で作った鞍です」

「金？　全部が金なのか？」

「はい。手綱や腹帯は絹、鐙は布ですね。女性たちはリボンのように結んでいましたが」

「なんだそれは……」

　クランベールは馬上からウラノスを見下ろし、眉を上げて呆《あき》れ声を出した。

「儀礼用か？　それならわかるが」

　乗騎に飾りを付けたり鬣《たてがみ》に編み模様をつけたりという事例は多い。芸人たちが飾り付けをした動物を率いて通りを歩くなどということもよくあるため、悪いわけではない。

「儀礼用はもっと派手ですよ。金の鞍は普段用です。もっとも、馬に乗って移動する貴族はあまりいません」

自ら乗馬を嗜《たしな》む貴族は、派手ではあるが一応の自制心はあるらしい。そうではなく、馬にも血統を求める貴族たちは自己満足のために馬を買い、品評会で高評価を得ることが最大の「馬の楽しみ」らしい。

呆れた顔で話を聞くクランベールの頭の中では、鞍一つでいくらの金貨が作り出せるだろうか、いやそれよりも他国の好事家に売った方が儲《もう》かるだろうかと試算していた。

「――ということは、国王はもっと派手な鞍を持っていてもおかしくはないな」

「クランベール様は陛下が馬に乗っているところを」

「あいにくなのか、幸いなのか見たことはない」

「実際に乗っている姿をご覧になれば一番わかりやすいのですがね。金の鞍は同じ。それに面当て、脛《すね》当ても金、それに金糸をふんだんに使った緞帳《どんちょう》のような厚手の前掛けですよ」

「……それ、馬が動くのか？」

「意外と頑丈なのですよ、馬という生き物は。クランベール様と自分が二人で乗っても平気で駆け回ります」

「……そう言えばそうか」

見るのは好きだが自分で乗ることが滅多にないクランベールは、重い荷車を曳《ひ》く馬の姿を思い出し、なるほどと納得した。

（いや違う！　納得したら駄目だろう私！）

馬のことよりも、金の鞍だ。そっちの方がよほど問題だ。

「ところでウラノス」

　ウラノスに轡《くつわ》を持って引いて貰いながら、クランベールは問い掛けた。

「国王はよく馬に乗るのか？」

「先も言ったように、誰かに見せるために乗ることはあっても、何もなければ乗りはしませんよ。移動は馬車がもっぱらです。まあそれは、陛下に限らず、親衛隊も自分たち騎士もそうだったんですけどね。クランベール様に叱られて、鑑賞用ではなく実用だということに気づかされました」

　笑顔のウラノスの黒い頭がちょうどいい位置にあったので、クランベールはぽんぽんと弾むように撫でてやった。そして、視線を前に転じ、満足げに笑みを浮かべる。

「視点が高くなるのはいいな。視野も広がるし、いろいろなものの見え方も変わってくる」

「そんなものですか？」

「ああ。お前を見下ろすのも馬の上じゃなければ無理だしな」

「見下ろしたければいつでも言ってください。自分だけじゃなく部下たちもいつでも膝をつきますよ」

　ウラノスの口調は、世辞ではなく心の底からそう思っていると告げているようなものだった。

「自分たちは陛下の臣下ですが、クランベール様の僕《しもべ》になることに否《いな》やはありません」

「大袈裟だな」

　クランベールは呆れて肩を竦めたが、同じようにウラノスも肩を竦めた。

「まあ、クランベール様の味方は多いと思っている程度でいいですよ」

　歩く馬の背に揺られることにクランベールが慣れると、ウラノスも騎乗して轡を並べ歩き出した。

　馬場を出て、放牧場の端の森に連なるところまで

散歩のように会話をしながら歩き、そうして再び馬場に戻って来て馬を下りたクランベールは、

「あっ……！」

膝をつきそうになるところで、ウラノスに肘を掴まれ、何とか転ぶことを免れることが出来た。

「助かった」

「いえ。初心者はよくそうなるので」

「膝に力が入らないなんて、いつ以来だろう」

まさか自分がこんなになるなど考えもしなかったクランベールの口元に笑みが浮かんだ。

「面白い」

「変わった方ですね、あなたは」

肘を引き上げ、クランベールを抱えるようにすぐ近くに置いてあった木箱の上に座らせると、ウラノスは厩《うまや》に二頭の馬を連れていくため側を離れた。馬具を外し、汗を拭き、体調を整えてやるためである。

「少し前までは馬のことなんか気にしてもいなかったのに」

成長したものだと、背筋を真っすぐ伸ばすウラノスの後ろ姿に思う。と言っても、厩屋には調教師や厩番がおり、世話をするのは彼らの仕事なのだが、それでも蹄鉄《ていてつ》が外れていることにさえ気づかなかった「騎士」が真っ当に変わったのは良い変化だ。

「まだ足が覚束《おぼつか》ない……」

痺《しび》れるということはないが、力を入れるとプルプルと震える。逆にそれが面白くて足を触りながら揉んでいると、フンッと間近で大きな鼻息が聞こえた。ハッと顔を上げたクランベールの顔の正面に、黒い鼻面を寄せる馬がいた。

「……どうして馬が……？」

クランベールがいるところは馬場から離れており、柵を越えなければ近くに寄ることは出来ない。

「お前……どこから……？」

　不思議に思いながら、なおも鼻先を寄せる馬の顔に摑まりながら立った時、

「来い」

　後ろから腰に回された腕に捕えられ、抗議する間もなく視界が反転する。誰かの肩に担がれたのだと気づいたのは地面が高くなってからで、そして、肩から乱暴に下ろされ、馬の首に抱き付くように横抱きに座らせられてから初めて自分がダリアの腕の中にいることに気づいた。

「あなたは……ッ」

　体を捻り抗議しようと口を開きかけたクランベールだが、それより先に走り出した馬の勢いでダリアの胸に倒れ込んでしまう。

「クランベール様ッ！　陛下ッ！」

　後ろからウラノスが叫ぶ声が聞こえたが、振り返る余裕はクランベールにはなく、ダリアも馬の足を止めさせせはしない。

「ウラノスっ！」

　ダリアの体越しに見ると、ウラノスは走って馬を追い駆けようとしていた。しかし、そもそも馬力が違う。いくら鍛えられている騎士でも、馬の足に敵《かな》うはずもなく距離はあっという間に開いてしまった。

　これは自力で脱出するしかない。

「ダリアッ！」

　クランベールはダリアの胸倉を摑み上げ声を荒らげた。

「私を下ろせ！　そして元の場所に戻せ！」

「……ウラノスの元にか？」

「そうだ」

「それは出来んな」

　珍しくもクランベールの前で冷静に言った後、ダ

リアは手綱を左手に任せ、右手でクランベールの腰に腕を回し、自分の方へ引き寄せた。

「ダリアっ」

「煩い。黙ってろ！」

　そう言ってダリアは馬に鞭を当て、さらに速度を上げた。どこへ行くのか、どこを走っているのか、不本意ながらダリアにしがみついているしかないクランベールには、皆目見当がつかないまま、二人を乗せた馬は疾走を続けた。途中、ダリアの名を呼ぶ大きな声が何度も聞こえたが、目的地に着くまで馬が止まることはなかった。


「……ッ」

　ボスっと音を立てて寝台に投げ落とされたクランベールは、柔らかな寝具に沈む体を肘で支えながら上半身を起こし、寝台の足側に立ち腕組みする男を睨み付けた。

「一体どういうつもりだ」

　本当は怒鳴りたかったが、短気なダリアを相手に自分までもが激高しては収まりどころがわからなくなりそうで冷静さを装ったが、感情を抑えた分、声は低くなる。激しく怒鳴りこそしないまでも不機嫌さは隠せるものではないし、そもそも隠そうとすら考えていない。

　そんなクランベールをじっと見据えるダリアといえば、口は真っすぐに引き結び、眉間に皺を刻み、クランベールに劣らず不機嫌で、苛々《いらいら》を表に出している。巨体ともいえる体躯《たいく》とその表情は気弱な人間なら失神ものだが、あいにくクランベールがダリアに会う時に機嫌がよかった例がない。それ故、今のダリアには眉を顰めはするものの、気圧されることなく睨み合うことが出来た。

そう、先に逸らしたら負けだと言わんばかりに、二人はきつい眼差《まなざ》しで互いを睨みつけたままだった。

自分が上等な寝台の上にいることは生地の手触りでわかったが、ここが城内なのか城外なのかさえクランベールはわからない。連れて来られたのは派手好みのダリアが使うにしては質素な建物だったので意外だったが、馬に乗っていた時同様、屋内を観察する余裕はクランベールにはなかった。

攫《さら》われた直後、馬が疾走を始めて早い段階で、クランベールは周囲を気に掛けることを放棄していた。普通に乗るのでさえ覚束ないのに、横座りで、ダリアに密接するように囲われて、姿勢も悪ければ振動も体が受け付けない。未だに体が揺れているような感覚が、全身を生温く包んでいるのだ。


それでも、この場で気弱なところを見せる気は毛頭なく、きつく睨む視線が緩むことはない。

「返事は？」

再度問うも、睨むばかりでダリアは答えようとしない。唇を引き結ぶ険しい表情は相変わらず。だが、そこには既視感があった。目を離さず頭の中にある記憶を探り、何と同じだったのかに思い当たった時、クランベールは不覚にも吹き出してしまうところだった。

慌てて俯《うつむ》いて目を逸らしたが、

（まさか子供と同じ表情をするなんて思いもしなかった）

叱られる前のように、置いてきぼりにされるのを恐れるように、それから先走る感情に言葉が追い付かない時のように。

（そうだったな。ある意味、こいつは子供みたいな

ものだったな）

自分のしたいことをして我慢することを知らない。自分の意見が通らないことがあるのを知らず、思い通りにならなければ怒りの感情を露《あら》わにする。大人としては褒められたものではない行動だが、一つだけ褒める点があるとすれば感情はぶつけても手をあげることはないということだ。

距離感を無視して接近したことはあっても、殴る蹴るの暴力に訴えようとしたことは一度もない。

（となると）

この場から退場する道も見えて来るのだが、ダリアはクランベールに対して何らかの鬱憤《うっぷん》を抱えているはずで、それがこの誘拐紛《まが》いの行動になっていると考えると、穏便に話をして終わらせるというのも難しく思えて来る。しかもここには二人きり。シンと静まり返った建物の中で他に誰かがいる気配はなく、間違いなく二人きりだ。きつい言葉を投げつけたのは一度や二度の話ではない。クランベールは投げたのではなく、事実を語っているつもりだったのだが、ダリアにとってはそうではないだろう。

無礼者と斬り捨てられる可能性もあることに気づき、クランベールはダリアの全身にさっと目を走らせた。そして心の中でほっと安堵《あんど》する。

（よかった。帯剣はしていないようだな）

懐剣を隠し持っている可能性はあるが、腰に手を動かした瞬間には斬られてしまうより前動作のある方がまだましだ。

そもそも、どうして自分がこんな状況になっているのか、さっぱりわからないのだ。対応の仕方も、ダリアが何を考えているかによって変わる。

とりあえず、会話を成り立たせるのが先決だ。腹立たしいが、クランベール側から譲歩するより仕方ないのだろう。クランベールの口から小さな溜息が零れた。

「――私をここに連れて来た以上、何らかの話があるのだろう？　それが何かを私は訊いている」

「……」

「だんまりか？　それなら用はないと判断するぞ」

眉を上げてダリアの表情を窺うも、先ほどから一貫して険しいまま変わらない。むしろ、今にも爆発しそうな顔をしていながら、一言もないことが不思議だ。喉を傷めて話せないというのはない。クランベールを攫った時に、短いが言葉を交わしているのだ。

「あなたは私に黙れと言った。それならあなたが私が納得のいく理由を話すのが筋ではないのか？」

（ほらどうした、早く言え）

寝台の上に座るクランベールと突っ立ったままのダリア。見下ろす気分を馬上から味わったばかりだが、傲慢な王を下から睨むのもいい。何と言っても、国王の前で自分だけ座っているのだ。しかも膝を崩して寛《くつろ》いだ状態で。

ダリアの突拍子のない行動に引き摺《ず》られていたが、いつまでも主導権を握らせておくほどクランベールは暢気《のんき》な性格はしていない。

（それにこの男の性格も大体わかって来た）

要は、単純という一言に尽きた。我慢をしたことのない生活、何を口にしても許される環境は、皮肉なことに真っすぐな気性を作り上げていたのだ。

考えてみれば、主計局室にこそ姿を見せることはないが、いつだってダリアがクランベールのところへやって来て会話が成立するのだ。多忙を極めるクランベールには話が互いの一方通行で終わるとわかっていてわざわざ出向く無駄な真似《まね》は論外で、会いに行こうにもどこに行けば会えるのかさえ知らないのだ。これも探す手間を考えれば、最初からばっさりと切って捨てた方がいい。

　貴族たちと郊外へ出向いていたり、後宮に籠もっていたり、社交の場に顔を出したりと話だけはこの国に来た時から知っていたが、噂に違《たが》わない行動を目の当りにした時には伯母や従兄には悪いが、対処なしと断言してエフセリアへ帰ろうかと思ったくらいだ。当然その時だけに留まらず、これまでに幾度となく帰国を考えている。それを押しとどめているのは、毎日帰宅するクランベールを出迎える伯母の笑顔と、体調が思わしくないながら病床の上でクランベールが持ち込む書面に目を通す従兄を知っているからだ。

（それもこれもみんなこの男が悪いからだ。国王としての責任を果たしていないせいだ）

　敢えて役目を果たしているといえば直系の血筋を残したというくらいだ。あとは国交の場で威圧を振り撒くくらいか。体と態度が大きいと、頭の中が空でもなんとでもなるものだと、その時の会議の風景を部下に聞かされた時には乾いた笑いしか出て来なかった。

（……腹が立って来たな）

　これまでのことを思い出していたクランベールは、自分が思っていた以上にダリアに対し不満を抱えていたことに今更ながらに気がついた。

「私は忙しい。あなたの都合に合わせなければならない義理はない。失礼するぞ」

　言いながら寝台を下りかけたクランベールの腕が、力強く掴まれる。言うまでもなく、ダリアである。それまで組んでいた腕を解き、クランベールの手を掴むのとは反対の手が伸ばされ、下りきれずに縁に座った状態のクランベールの顎を掬《すく》い上げた。

「誰が触れていいと言った」

「今更だな」

まるで品定めするような視線を受け、クランベールは不機嫌に顔を振ってダリアの手を外した。

「触りたいのなら後宮に行け。手や顎と言わず、全身隈なくどこでも触れさせてくれる相手がいるだろう」

少々下品だとは言いながら思ったが、婉曲《えんきょく》的な表現や柔らかな言い回しではダリアには伝わらないのだ。仕方がない。

しかし、

「ッ！　痛いッ！　離せ馬鹿ッ！」

摑む手に力が籠もり、堪らずクランベールは手を振り払った。そしてパチンッという音が間髪容れず聞こえる。

「あ……」

自分の手の甲に当たった皮膚の感触と熱さに、クランベールは紫がかった灰色の瞳を大きく見開いた。

クランベールが払った手は不運なことに、勢いを持って大きく動いていた。座るクランベールと立つダリアでは手を伸ばしても届かないはずが、顎を摑むためにやや前屈みになっていたダリアの頬は実にちょうどいい通過点にあったわけだ。

その頬に自分の手を当てるダリアの姿に、

「すまない！　今のはわざとではない。いや、わざとではないから謝罪しなくていいと思っているわけではない」

「いい気味だと思ったのではないか？」

自嘲《じちょう》気味な台詞に違和感を覚えつつも、クランベールは眉を吊り上げた。

「そんなことは思っていない。叩くなら、偶然を装うのではなく堂々と正面から叩く」

そもそも迂遠《うえん》な方法だと絶対にこの男は気づかないだろう。本当に、良くも悪くも馬鹿正直で真っすぐだ。それをもっと別のことに活かせば名君となっただろうに……と残念に思うクランベールの中では、ダリアは過去の王の括《くく》りに入れられつつあった。

きっぱりと告げたクランベールをじっと見つめたダリアは、

「――お前はそういう男だったな」

と僅かだが口角を上げながら言った。

それはほんの一瞬で、すぐにいつもの横柄と傲慢で形作られた顔、つまりクランベールがもっともよく見掛ける渋面になってしまったのだが、

(笑った？)

クランベールが驚くには十分な出来事だった。ついでに怒鳴らずに喋《しゃべ》るダリアという珍しい状況にあることにも気づき、凝視しながら目を大きく見開いた。

逆にダリアにとってはクランベールのそんな表情こそ初めて目にするもので、同じように驚きに眉を上げながら目を大きくした。

「そんなに驚くとは、お前の中の俺は一体どんな王なんだ？」

「同じ問いを私もしたい」

連れて来られた時には荒れていた。ここでも機嫌がよいわけではない。それでも普通に話をする――普通を心掛けようと努めている男の姿には、何がどうしてそうさせているのかを問い詰めたくなる。それくらい稀有《けう》な経験なのだ。

ダリアは眉間に深く皺を作った。

「……お前はよくわからん」

「それには大いに同意する」

ムッと睨んだダリアだが、大きく息を吸って首を振り、出掛かったと思われる文句を留めていた。

そんなダリアの姿はますますクランベールに首を傾げさせる。

（一体何があったんだ？　この男がここまで大人しいのは前代未聞だぞ）

少なくともクランベールに対してはそうだし、他の貴族たちに対して同じことをしているとは思えない。クランベールが知らないだけという可能性もあるが、それを今発揮しなくてもいいと思う。

「……お前、何か失礼なことを考えているだろう？」

なぜわかった？　と声に出さなかった自分を褒めてやりたい。

「失礼なことではない。今まで私が見たことがあるあなたは、そんな静かに話す人ではなかったから、驚いただけだ」

「それは失礼だとは言わないのか？」

「勿論」

「……」

「私のことはいい。あなたに全部を一度に話させるなど愚行だということくらい、私も学習した。ただ話がしたいだけにしろ、何か他のことをさせたいにしろ、まず私が知りたいのは場所だ。ここはどこだ」

「城だ」

わかっている、とはクランベールは言わなかった。途中慌てたような人の声は聞こえたが、瞼を閉じて確認を放棄していたのだ。城外だったとしても驚きはしなかっただろう。逆に、城内だったことに多少の驚きを覚える。

「城なのか……」

「城外だと思ったのか？」

にやりとしかたとえようのない笑みがダリアの頬に浮かぶ。

「思った。私に腹を立てたあなたが目障りな私を国境外まで連れ出したとしても納得出来る」

好かれていないのは当然として、優雅な生活を送るのに邪魔なクランベールを城から遠く離れた場所へ置いて来る可能性はないとはいえない。命が無事なのは、エフセリア国の第四王子という身分によって保証されているに過ぎない。それがいつまで持つかという危機意識はちゃんと持っている。

よって状況把握は今一番大事なクランベールの仕事なのだが、

「国外に放り出すなら俺の手を使わず部下にやらせる。それに国境まで何日掛かると思ってるんだ？　馬でも十日、即座に出そうと思ったら飛竜でも使わなくては無理だろう」

それくらいもわからないのか、と馬鹿にされているようで、クランベールは睨む視線を強くした。

「私にも自覚はある。この国の貴族たちにとっているだけで邪魔な存在ということもな。それはあなたも同じだろう？」

「そうだな」

応えはあっさりとしたものだった。当然予想されたものなので、クランベールが傷つくということはない。思い切り否定されたなら、寒気を覚えたかもしれない。だが、納得のクランベールと違い、ダリアは愉しそうな顔ではない。

理由は次のダリアの言葉で明らかにされた。

「お前にはいろいろ責任を取って貰うつもりだ」

「責任？　城の増築予算申請を却下したことか？　それとも出入り商人の身辺調査を行ったことか？　その中で、愛妃たちが贔屓《ひいき》にしていた宝石商が出入り禁止になったがそのことで泣きつかれたのか？　他には……」

「……お前、心当たりが一体どれだけあるんだ？」

「たくさんあるぞ。無駄な経費や出費は省き、金の流れを正常に戻すのが私の仕事だからな」

「憎まれてもか？」

「それを承知でここにいる。それに別に好かれようなんて思っていないぞ。仕事をする上で円滑な関係を築くことは大切だが、慣れ合うのは違う。それに、少なくとも財務省のほとんどの人間と第二騎士団の多くからは支持されている。そもそもシャイセス国王を敵に回しているのだ。貴族全員から疎んじられ憎まれていても受け入れるぞ」

「わからんな。お前が無謀な要求をせず、逆に貴族の意見を取り入れればもっと楽に生活出来るだろう」

「そうだな。そして、そうやって享楽の方へ浸った結果が今のシャイセス国の貧窮の原因だ。私はな、陛下。貴族が楽になればなるほど国民の生活は辛く厳しくなる現状はよくないと思っている。あなたは城下町を歩いたことがあるか？　金箔を貼った馬車や金の鞍を置いた馬に乗って通り過ぎるんじゃなく、自分の足で歩いたことがあるか？　ないだろう。もしも城下に住む国民の顔や暮らしを見ていれば、もっとましな国になっていただろう。陛下に問いたい。あなたは飢えた国民の前で皿いっぱいの料理を食べる度胸があるか？　今にも死にそうな乳飲み子を抱えた母親の前で、何杯もの蜂蜜入りの甘い乳を飲むことが出来るか？」

　ダリアからの返事はない。

「そういうことだ。あなたが愛妃に買う宝石の一つもあれば、換金して一区画の住人が一年は食いつなぐことが出来るだろう。金の鞍を溶かせば救済院の僧たちも飢えを感じることなく眠ることが出来るだろう。あなたの一日は、民千人が半年以上働いても得ることの出来ないものを浪費して成り立っている。そうだ。消費ではなく、浪費だ。私がしているのは、貴族だけが笑って過ごせる国を作ることではなく、民が幸せだと感じることが出来る国だ」

「貴族に憎まれてもか？」

　クランベールは頷いた。

「そもそも前提からずれている。例外を除いて、国民が幸せに暮らしている国は王も貴族も大抵にして幸せだ」

「例外とはシャイセスのことか？」

「否定はしない。勿論、他にも専制君主制を布き国民を奴隷だと言い切る国もある。だからここだけがおかしいのではないが、自覚なく国を疲弊させ、民を蔑ろにしているのは問題だ。さらに問題は、それが悪いことで問題だと自覚していないことだ」

「王に民に媚《こ》び諂《へつら》えと言うのか？」

「そんなことをする必要はない。為すべきことを為す。ただそれだけでいい」

　ダリアに言いはしなかったが、他に王の候補がいれば王座を奪い取られても仕方がない状況にある。それがないのは、貴族たちが現状維持で満足しているからだ。彼らは権力欲がないわけではないはずだが、かといって何かあった時に責任を取らされる王になりたいわけではない。あくまでも甘い汁を吸い、黄金で遊べれば満足なのだ。本人にその気がないから唆したりはしないが、ビリアンが王になる可能性もまだ残されている。ビリアン王が誕生した場合、貴族たちの生活が一変まではいかずとも大々的に変わるのは明らかなので、妨害工作に出る可能性はある。何にしても、王よりも貴族たちが厄介だった。

「わからんな」

「そうか？」

「俺がわからないのは、お前がそこまでする理由だ」

「現在休養中の主計局長ビリアン＝セッテは私の従兄で、伯母は父の姉。血の繋がりがあれば十分だろう」

「それくらいは俺もわかる。だが、エフセリアの王子だろう？」

クランベールは、なるほどとダリアが拘《こだわ》っていることに気づいた。

「王子は王子らしくしていろ。あなたが言いたいのはそういうことだろうか」

「そうだ。一日中仕事をし、自ら書類に判を押させるため歩き回る。陳情にも代理を立てることなく自らが話を聞く。休む間もない」

まるで気の毒だと言わんばかりのダリアの主張は、クランベールに笑いを齎《もたら》した。

「だから前提が違うんだ、あなたとは。休む間も何も、セッテの屋敷に帰って寝る時間はある。風呂にも入るし、食事も摂る。部下に示しがつかないから、就業中は息抜きもする。問題はない。それにだな、国王陛下殿」

クランベールはダリアを指さした。

「働くとはそういうものだし、私たちエフセリア王族は国政に携わるものとして真剣に向き合うよう教育されている。他の王族も、例外以外は似たようなものだ。私の知る小さな国の国王はもっと民に近しい。あなたよりも十以上若いが、国王としての心意気も何もかもがカルツェ王の方が勝っている。あなたが勝っているのは、体格と愛妃の数と年齢と財力だけだな」

「カルツェ……？　聞いたことがないな」

首を傾げるダリアだが、これに関して非難する気はなかった。

「知らないのか、と言いたいところだが本当に小さな国だから、知らなくてもそれは仕方がない。国土の大半は山で、毛織物が特産品だが、流通経路が細く今までは販路も限られていたからな。だがこれからは少しずつ名を聞く機会も多くなると思うぞ」

「エフセリアに近いのか？」

「近くはないがシャイセスよりは近い。それに縁も出来た」

クランベールは目を細めた。母親違いの弟フランセスカが嫁いだ長閑な国。時間が許すならもう一度あの町でしばらく過ごすのもいい。

「カルツェ王は若い。若い分成長も見込める。堅実な国政はカルツェという国の安定を揺るがすことはないだろう」

あの国は派手に国際社会に名を轟《とどろ》かせる必要はない。あるがままの今の生活を維持出来ればそれでいい。クランベールも関わった水晶などの宝石のことで多少は名も覚えられるかもしれないが、その程度だ。隠れ家的な場所として、秘かに伝わるくらいで丁度いい。

少しの間しか滞在しなかったが、カルツェは王と民の距離が近かった。小さな国だからそれが出来ているともいえるが、王族の人柄がそうさせているのだろう。

王と国民の間に貴族という壁が聳《そび》え立ち、貧富の差が大河となって流れているシャイセスとは違う。

「……俺はどうなんだ？　カルツェ王を褒めるお前は俺には悪態しかつかない。否定ばかりだ」

見下ろすダリアの口はむっと引き結ばれ、目にはぐっと力が入っていた。これまた見覚えのある表情だ。

（子供みたいな顔をして……）

泣くのを我慢する時と似たような表情は、クランベールを思い切り脱力させた。

「あのな、私はこれまでいろいろ言って来たぞ。ここが悪い、ここが認められない、ここをどうにかしろと。だがお前は全部聞き流しただろう？　そんな相手をどう褒めろと？」

「俺は褒められなかったことはない」

「それは何となくわかる」

「そうだろう！　それならお前も」

「無理だ」

「なぜだ!?」

「褒める要素がないからだ。内面は論外だ。外見は節制を心掛けた生活をすれば見栄えもよくなるかもしれないが、今は駄目だな」

内面はともかく、外見で否定されるとは想像しなかったのだろう。ダリアの顔が驚愕《きょうがく》と怒りが混ざった表情に変わる。

「外見で貶《おとし》められたのは初めてだ！」

「それはおめでとう。よかったな。初めてが貰えて」

大した感慨もなく、抑揚を抑えて言うと、ダリアは喉の奥でぐぅ……っと唸り声を立てた。

（まるで獣だな。閨ではまさしくケモノ、いやケダモノらしいから似合ってる）

黄金の豪奢な髪と合わせて獅子に見立てることは出来る。だが、実力で王になる獅子と違い、この獅子は紛いものの王だ。このまま王者の品格に目覚めることがなければ、実力を持った他の獅子にその座を取って代わられるだろう。弱肉強食は動物でも人でも、どちらの社会にも適応されるのだから。

「俺のどこが悪い」

「顔はいいと思うぞ。好みの問題だから絶対だとは言わないが」

「お前はどう思う？」

「知っている中では最も王らしい顔だと思うぞ」

「王らしい……」

「喜んでいるところ悪いが、あくまでも顔の話だ。だが精悍さが足りない。ちょっと顔を触らせろ」

手招きすると、意外とすんなりとダリアの顔が近くに下りて来た。その顔に手を伸ばし、顎から首にかけての皮を引っ張るように流す。

「この辺のたるみがよくない。後数年もすれば顎が三重四重になる。見たことはないが、体も同じだろう？　マントと服で誤魔化しているつもりかもしれないが、腹筋は割れているか？　腹は出ていないか？　あと、個人的な意見だが尻には特に気を付けた方がいい。引き締まっていない尻は見栄えが良くない」

「尻……？」

「後ろ姿が映えるかどうかは尻の形に掛かっている。顔がよくても体が弛《ゆる》んでいれば魅力も半減以下だ」

「それはお前の個人的な嗜好ではないのか？」

「そうだとしても、私に感想を求められればそう答えるしかない。ただ、不摂生が原因で無駄な贅肉を蓄えた体に魅力は感じない。あくまでも私の考えだから、たっぷりとした肉がついた体が好きなものたちはまた違った感想を持っていると思うぞ。その辺りの個人的な嗜好については妃たちに尋ねた方がいいだろう」

話がずれた気がしたが、前に石像のところで迫られた時に感じた腹の柔らかさが気になっていたので、ついでだからと腹筋を鍛えるよう進言する。

「では、見た目は悪くはないと思っているんだな」

「そこは否定しない。気に食わないものでも嫌いなものでも、自分の感情に嘘はつけない性分だからすまないな。好みで言えば、今のあなたの体には魅力を感じないとだけ伝えておく」

「ウラノスはいいのか？」

「ウラノス？」

　そこでどうして第二騎士団長の名が出るのだろうかと首を傾げたが、素直に頷いた。

「騎士の体は違うからな」

「だが、ウラノスも親衛隊も俺と同じような生活態度で体つきだったぞ」

「いつの話だ。ウラノスや騎士団の連中が生活態度を改めてもう二十日以上になる。その間に私が作った訓練を取り入れた結果、随分変わったぞ。まだ発展途上だが、いざと言う時に息切れする体ではなくなったのは確かだ」

　以前のウラノスなら馬場まで歩くということすらしなかっただろうし、クランベールの乗馬練習に付き合う考えすらなかっただろう。たかが半月やそこらで変われば変わるものだ。

「……だからか？　だからウラノスと抱き合っていたのか？」

「抱き合う？　なんだそれは？」

　わけのわからないことを言い出したダリアに怪訝《けげん》な表情を浮かべたクランベールだが、

「……ッ！」

　肩を押され、寝台の上に上体を倒してしまう。

　起き上がろうとするも、片足を寝台の上に乗り上げたダリアに両腕を万歳の形に押さえられ、動けなくなってしまう。

「……何のつもりだ？」

「今からお前を抱く」

「は？　一体どうしてそんな発想になる!?」

　常は冷静なクランベールも、さすがに貞操の危機ともなれば声を荒らげもする。だが、そんなクランベールの問いを無視し、ダリアはマントを外し、上着の釦《ボタン》を外し、すぐに上半身は何も着ていない状態になった。

「本気なのか？」

「本気だ」

「憂さ晴らしや八つ当たりなら他でやれ。相手に不自由はしないだろうが」

「不自由……か」

　ダリアは唇に自嘲を浮かべ、クランベールの襟に手を掛け、一気に引き開いた。紐《ひも》が千切れ、釦が弾け飛ぶ音がする。それだけでなく、肌着代わりに着ていたシャツさえも力任せに引き裂かれてしまう。

「おいッ！」

　無駄金を使わないクランベールが、拘りを持って厳選した生地を使って作られた服。お気に入りの一品だ。それが目の前で乱暴に扱われ、押し倒されている自分より上着の方が気に掛かる。

「大事に扱えッ！」

「弁償すれば問題ないな」

「問題だらけだ。特に、小遣いを減らされたあなたに私が請求する弁償金が払えるとは思えない。よって踏み倒される可能性が九割だ」

「国王の資産を舐《な》めるな。お前がいくら請求しようと払えないはずがない」

　言いながら、ダリアの手はクランベールの薄い胸の上をゆっくりと撫でる。

「無駄遣いをするなと言っている。いや、服の弁償金だから払って貰わなくては困るのだが」

　クランベールの胸の上、ちょうど乳首を人差し指と中指の間で挟むような位置に手を置いたダリアが、ニヤリと口角を上げた。

「どうする？　無理やり服を脱がせられるのと自分で脱ぐのとどちらが好みだ？」

「脱がないという選択肢が抜けているぞ」

「そんなものはない」

クランベールは膝を上げ、圧し掛かる男の股間を狙った。だが、

「同じことをさせると思うか？」

蹴られるより先に寝台に飛び乗ったダリアは、クランベールの脇の下に手を入れ枕の方へと引っ張り、今度はクランベールの腿の上に座った。

「退け」

「大人しく俺に抱かれるなら退いてやる」

「私の利になる提案ではないな」

「それならこのまま抱くぞ」

ダリアの上体が傾き、クランベールの顔の真横で囁く。背後から見れば唇を重ねているようにしか見えないだろう至近距離で、クランベールの唇が紡いだ言葉は、

「愛妃たちは抱かせてくれなかったのか？」

というものだった。これが恋人の密会の途中なら一気に熱も冷める言葉だが、あいにくダリアとクランベールの間にそんな色気のある関係はない。

そして、この台詞はまさにダリアがクランベールをここに連れ込んだ理由の一端でもあった。

「……図星か」

「煩いッ！」

ぼふっと頭の真横で音がする。ダリアが拳を布団に叩きつけた音だ。

「贅沢させてくれないなら抱かせないとでも言われたのか？」

「妃たちよりもお前の方を気にしていると言われた。お前の言うことには従うのに、自分たちのことは蔑ろにしていると」

クランベールは眉を顰め、真剣に尋ねた。

「あなたが私に従ったことがあるか？」

国庫関連のことに関しては強引に進めているが、その中で反発され口論になることはあっても、ダリアがクランベールに従ったことはない。だが、愛妃たちには予算が削られ、出費が抑え込まれている現状が元に戻らないのは、ダリアが支持していると映っているのだろう。そうでなければ、こんな変なことは言い出さないはずだ。

「従ったことなど一度もないな。従わせたかったことは何度もあるが」

そう言いながら、ダリアは触れているクランベールの白い肌を大きな手で感触を味わうように上下に動かした。動かすたびに胸の先端に指が触れ、妙な疼《うず》きが腹の奥に生まれて来る。

(馬鹿か、私は)

好きでもない男に触れられて感じてしまう自分が信じられず、感づかれないよう顔を横に背ける。

「手を離せ」

「いやだ」

「愛妃に相手にされないからって私に当たるな！いや当たるのはいい。だが触るな」

「……なんだこの手触りは」

「おいっ！　話を聞けッ」

「聞いている」

「それなら今すぐその無駄な肉と脂肪がついた体を退けろ」

「それは勿体《もったい》ない」

「この……ッ！」

もがくも、下半身を下半身で押さえられた状態では股間に膝を見舞うことも出来ない。

「陛下、冷静になれ。男を抱いたと知られれば、もっと愛妃たちに相手にされなくなるぞ」

「今更だな。既に相手にされていないのだから同じだ。それに俺は下手らしいからな。女を満足させられない俺には男の方が合っているんだろう」

「それなら他を当たれ。私で済まそうとするな」

「つれないな、クランベール」

名を呼ばれ、クランベールは目を瞠った。記憶違いでなければ、そして口論の最中に呼ばれたのを聞き逃していたのでなければ初めて名を呼ばれた気がする。

名前を知っていたのか、と単純に感心した。ビリアンら親族は別として、取り巻き以外は有象無象で顔を覚えていればましだろうと思っていたのだ。

「なんだその目は」

「いや私の名前を知っていたんだなと思って」

「お前がただの男なら覚える気もなかったが、あれだけ頻繁に不可の署名を貰えば嫌でも覚える」

「王子だから覚えていたわけじゃなく？」

「王子だと知ったのは後だ」

「それで態度を変えないのは流石だな」

「腹立たしさの方が勝ったからな。王である俺に対してお前が取る態度よりはましだろう」

「あなたが王としての責務を果たしていたら私もそれなりの態度で臨むぞ」

「奇遇だな。俺もだ」

歩み寄りの考えは双方にない。二人共が、間違っているのは相手で正しいのは自分だと思っているからだ。

「俺に名を呼ばれるのは光栄なことなんだぞ。それに、こうして抱かれるのも」

　会話の間止まっていた手がまた動き出し、逃げ出せないとわかっていてもクランベールはもぞもぞ左右に体を揺らして暴れた。

「そんな栄誉は不要だ。女の愛妃さえ満足させられない男に抱かれても名誉なものか。退け！　下手くそ！」

　クランベールが発したその言葉は、ダリアの瞳に暗い色を浮かべさせた。

「……下手かどうか、お前の体に教えてやる」

　低く唸るように言ったダリアは、着ていた服を脱ぎ捨てた。押さえ付ける手がなくなったため逃げようかと一瞬思ったクランベールだが、単純な身体能力ではダリアに敵わないのはわかり切っている。寝台から下りて走っても、扉に辿《たど》り着く前に捕まってしまうだろう。

「教えてやる？　石像より劣るあなたが？　毎晩独りよがりな抱き方をしておいて、教えるも何もないだろう。自意識過剰もいい加減にしなければ哀れを誘うぞ」

　かっと赤く染まったダリアの頬は怒りのせいかぴくぴく動いている。怒声が飛び出る兆候だ。そのまま罵詈雑言《ばりぞうげん》でもいいから浴びせかけてくれないかというのは、クランベールが少しだけ期待するものだった。こうして会話をしている間に時間はどんどん過ぎていく。

　同行していたウラノスは、クランベールが連れ去られているところを目撃している。ここに来るまでの間に何度も人目についたことから、場所の特定は容易いのではないかと期待しているのだ。ただし、第二騎士団長の地位、もしくはウラノスが所持している伯爵位で入ることが出来ない場所であれば、自力で脱出するか、ダリアに反意させるしかない。

（気は進まないが、ダリアの好きにさせて満足させるか、だな）

その場合、成り行き上、クランベールが抱かれる立場になるのは間違いない。

クランベールはダリアが服を脱ぐ時に見えた下半身を思い出し、うんざりとした。こういう状況に興奮しているのもあるのだろう。感情の揺れ幅が大きくなり、肉体が発散を求めているのもあるだろう。

ダリアの股間はズボンの上からはっきりと陰茎の形がわかるくらい盛り上がっている。

（私に対しても欲情するんだな）

抱く気満々なダリアの意思に反して萎《な》えたままでいると思っていたが、愛妃にお預けを食らっていた男の劣情を舐めていたと反省する。ついでに、ちょっと新鮮な気分になったのは、目の前……覆い被さる男には言わない方がいいだろう。言えば欲情に火を付けそうな気がする。

そのダリアは体を跨ぐように膝立ちになり、クランベールの自由を封じたまま、器用にズボンと肌着を脱ぎ捨てた。自然と視線は昂《たかぶ》った男の芯に向かってしまう。男兄弟の中で育つと裸の付き合いもあるし、まるっきり初心《うぶ》というわけでもないため目を背けようとは思わないが、間近で直視したいものでないのは確かだ。

（一体何に興奮すればこんなにそそり立つのだか……）

これまでの経歴——性歴を語るかのように純粋無垢な色ではない。赤と紫と黒が混じった独特の性器の色だ。先端の嵩《かさ》も大きく、くびれの下に続く茎は表現は悪いが丸々と肥えた腕にも見える。さすがに大人の腕ほど太くはないが、子供や女性の腕くらいはあるのではないだろうか。

（……待て。あれは本当に入るのか？）

男同士で使う尻穴がきついのは当然として、あの巨茎は柔らかく受け入れやすい女の部分でも相当苦しいのではないだろうか？

（愛妃が嫌がる理由の一つがわかった気がする）

小さいのは恥ずかしく、大きいのが喜ばしいという男の中の虚栄心。それを満たすだけの質量を持った陰茎だが、

（限度を超えている！）

クランベールは素直に慄《おのの》いた。

髪の金髪を少し濃くした陰毛も豊かで、股の間にぶら下がる陰嚢も重たげだ。相当の夜遊び女遊びを経ていても、まだまだ子種が尽きることはなさそうだ。子孫繁栄の意味では「王」なのだと認める。

（それよりも、意外と自分本位ではないのか？）


勿体ぶって自分は衣服を脱がず、クランベールの服だけ脱がして事に及ぶかと思っていた。王族にも様々あって、妃であろうと肌を晒《さら》さず交わる場合もある。また、自尊心が高く傲慢な男たちは、前立てだけを開いて男や女を抱く場合が多い。小間使いや侍従など立ったまま初蕾を凶器で散らされたという話は、上流社会の中では当たり前にある話なのだ。

シャイセス国は王を頂点に貴族至上主義だ。だからダリアが愛妃に疎まれているのも、下手というより処理だけ済ます独りよがりな交わりのせいだと思っていたのだが、そうではないのだろうかとクランベールが思っていると、自らの重量級のものに手を添えたダリアが、クランベールの口の前にそれを近づけて来た。

そして上から見下ろし、命じる。

「咥えろ」

「……」

人とはこんなにも簡単に殺意を覚えるものなのだと、生まれて二十六年、初めて知った。

文句を言うために唇を開けばどうなるのかくらいクランベールはわかる。これが恋人や愛人や好意を持つ相手で、抱かれることを望んでいるのなら要求するのはありだろうが、ダリアとの関係はそんな優しいものではない。

クランベールは顔を背けて濡れて光る男の陰茎から目を逸らした。

「いつもそんな風なのか？」

「舐めて濡らさなければきついのは俺じゃない。相手だぞ」

「つまり無理矢理させたというわけだな」

なんという自己本位なやり方なのか。愛妃の五人という人数は多いと思ったが、そんな手順で寝なくてはいけないのなら後宮入りさえ辞退するものも多かったのではないだろうか。金銭欲があるにしろ、五人も残っていることを褒めるべきなのかもしれない。

（強欲なだけの女たちだと思っていたが、なかなか見上げた根性を持っていたというわけか）

まったく前戯も愛撫もなかったわけではないだろうが、ダリアが自分の欲を満たすために自分本位な抱き方をしていたのだとすれば、贅沢をさせて貰えなければ割に合わない。まさに慰謝料だ。

男のクランベールがそう感じるのだから、彼女たちが長年どれだけ苦労して来たかを考え、思わず涙が出そうになってしまったくらいだ。

後にクランベールは愛妃たちからこう聞くことになる。

――仲がいいわけではなかったけれど、夜のお務めに関しては手を結んでいたのよ。決して三日開けずに陛下が通うことがないようにと。月の障りが重ならないように苦労したわ……――と。ついでに、「頑張りなさい」と慰めなのか、解放されたものの優越感からの台詞も付け加えて。

「何を泣いている？　泣くほど欲しいのか、これが」

こんな的外れで感情の機微も知らない男が無性に腹立たしく、思わずクランベールは叫んでいた。

「そんなもの誰が欲し……ッ！」

口の中に押し込まれたダリアの陰茎がクランベールの口をまさに塞いでしまう。先端だけでもきついのに、幹の部分まで遠慮なく突っ込んで来る。

（馬鹿者ッ！　同意を得ずにいきなり入れるやつがあるか！）

寝転がったままでは収まりが悪いのか、ダリアがクランベールの首の後ろに手を回し、引き起こす。

反動でより喉の奥まで突かれることになり、えずきたいのだが動かす隙間がどこにもない。泣きたいわけではないが、苦しくて目尻に涙が浮かんでしまう。

下腹部を押し付けられた顔の前には金色の陰毛が繁り、独特の雄臭さが鼻につく。娼館の慣れた女たちでもこれは耐えられないのではないか。拷問と言われるなら納得の仕打ち、これを普通の性技で嗜みだと思っているのなら、とんでもないことだ。

（これをどうしろと）

口の中で跳ね返るたび外に飛び出そうになるが、その都度ダリアが入れ直すのでクランベールの口が空くことはない。しかし、いい加減疲れて来た。仕方のないこととはいえ、唾液が口の端から零れて来るのが気持ち悪くて堪らない。それなのに、ダリアは時々揺すったり突いたりして自分勝手に動くのだ。

（ほんっとうに自分本位な男だな！　口淫は入れる

方じゃなく、口の持ち主主導でやるものだぞ）

　不本意だがこの場合、クランベールが舌技を駆使してダリアの犯罪級に大きなものを慰め、愛撫するのが普通だ。だが最初からダリアは「咥えろ」しか言わなかった。咥えた結果が唾液で濡れるのであって、それだけでよいと思っている節がある。愛妃たちとどんな風に閨で過ごしていたのかわからないが、今のクランベールと同じことをさせられていたとすれば気の毒としか言いようがない。先端を含むだけでも大変なのだ。口の中に入れずに舐めるか、茎を唇で食むくらいなら可能だろうが……。

　クランベールは上目でダリアの表情を盗み見た。これで気持ちいいはずがないのだが、温かいものに包まれているだけで満足しているのか、どこか愉悦の滲《にじ》んだ表情だ。クランベールの頭に手を添えて時折奥まで突っ込もうと力を込める。当然ながら最奥まで行かせると窒息しそうな恐怖があるため、首に力を入れて何とか反発しているところだ。

「お前の中は温かいな」

（それは他の場所に入れた時に言う台詞だ）

「これまで味わったことのない感覚だ」

（口の中など大して差がないだろうに、その根拠はどこから来るんだ）

「……ああ、気持ちいい。動いてもいいか？」

（それは断固拒否する！）

　ふるふると首を振って拒否するが、悦に浸っているダリアは構わず前後に腰を揺らす。揺らす時に陰嚢が揺れてペタペタと音を立てて当たるのが何とも言えない気持ち悪さだ。

　激しく動かされてなるものかとクランベールは口と顎に力を入れて、陰茎の出し入れが困難になるようにした。だが、締め付けがきつくなった分、余計

にダリアの官能を引き起こしたらしく、

「その吸い付き、締め付け。堪らんな。女の中にいるよりいい」

はぁ……と声を漏らしながら押し込め、引き出そうとする。クランベールの方はちっともよい気分ではないのだが、感じ入っているダリアは無意識にクランベールの頭を撫で、首や耳を指先で愛撫するように撫でたり摘《つま》んだりする。

クランベールに言わせれば、口の中に入れただけでどうしてそこまで感じることが出来るのか問い質《ただ》したいところなのだが、それよりも現状をどうするかだ。

ダリアの注意のほとんどが陰茎に偏っている今、体の後ろに押さえ付けられていた腕は抜け出すことが出来る。このまま押し返せばいいかと、そろりと手を動かしたクランベールだが、

（このままでは私はただの被害者でしかない。それは受け入れられないな）

泣くほど初心ではないが、ダリアに主導権を握られたままなのは腹が立つ。押さえ付けられ性行為を強要されたただの被害者になるつもりはクランベールにはなかった。

独りよがりな行為で満足し極まりそうな男に敗北したままでいるのは、自分を許せない。

クランベールはもう一度ダリアの顔を見上げた。相変わらず目を細め、気持ちよさげに体を揺らしている。時折クランベールを見下ろす目には蔑みはないものの、見下ろされているだけで嫌だった。

（ここからだ。ここからは私がすべてを握る）

きらりと光った灰色の瞳にダリアが気づいたかどうか。男を咥えたまま口角を上げ、会心の笑みを投げかける。

（さあ、ここからどれだけ持つか見ものだな、ダリア陛下）


「くっ……」

頭上から聞こえる苦悶の声に、男の逸物を咥えるクランベールはほくそ笑んだ。そのちょっとした頬の動きだけで、口の中にあるものがびくびくと震える。

先ほどまではダリアが勝手に突っ込んで勝手に動いていただけだが、今は違う。クランベールが自分の意思でダリアのものを吸い、舌で嬲《なぶ》っていた。

「お前っ……いきなり何を……んっ」

あいにくクランベールの口は塞がっているので返事をすることは出来ない。代わりに片手で股にぶら下がる陰嚢を揉めばきゅっと内股になったことに鼻で笑う。

（男は自分が優位に立つと思いがちだが、急所を他人に預けていることになかなか気づかない。これに歯を立てればどうなるのか考えもしないんだろうな）

逆らうものがいないという錯覚。疑心暗鬼になるあまり、口淫させない国もあると聞く。そこまでする必要はないが、寝る相手は熟考した方がいいとつくづく思う。取ろうと思えば命まで取れるのが閨だ。侍従や騎士を閨の壁際に立たせろとは言わないが、口論相手にこんなことを仕掛けるのは間違いだ。

頬をすぼめ、口腔内《こうこうない》を陰茎が出入りするたびに淫《いん》猥《わい》な湿り気のある音が響く。クランベールが陰嚢を手で遊ばせているのは、動かすたびに当たるのが嫌だったからだ。

クランベールの顔の動きに合わせて、ダリアの腰も動く。その動きが徐々に激しくなるのだが、おかしなことにダリアは戸惑っているような様子が見られた。

「こんな……こんなことで俺が……」

「なんだこの吸い付きは」

「もっと……強く吸ってくれ」

切なげな掠れ声と共にクランベールの首や顔を摩《さす》る手も動きを増す。

とは言うものの、最大まで開いた口の中にあるものは大きく、口も顎も疲れてくる。何度か口淫の最中に口から追い出そうとしたのだが、無意識なのかすぐに奥まで突っ込まれてしまっていた。だが、頭上から聞こえた声よりも荒い息に熱が籠もり、すぐに絶頂を迎えるのは明らかだ。

（さっさと終わらせるか）

クランベールは繁みをかき分けるようにして根元に手を添え固定した。そして激しく抽挿を繰り返す。

「お……うっ……」

いきなりの動きにダリアの方が着いて行けない。クランベールの頭に乗せた手に力が入るが、他に何もすることが出来ずただクランベールの口淫に乱されていた。

（そろそろ、か）

口の中で陰茎が大きくなる。口で受け止めるつもりはさらさらないクランベールは、それまで以上に動きを速め、陰嚢と共に刺激する。きゅっと音が聞こえそうなほど玉が上に上がる。

「くっ……！」

クランベールの口から跳ね上がるようにして巨茎が飛び出し、そのまま白い精を吐き出した。空中で跳ねながらの吐精は飛沫《ひまつ》を寝台の上に飛び散らす。

それを目で追っていたクランベールは、跳ねた陰茎を取り戻したダリアが先端を自分の方に向けたことに気づいてさっと顔を逸らした。

　それまでクランベールの顔があった場所に勢いが残ったままの精が通り過ぎる。無意識に顔に掛けるつもりで動いたのだとしたら、雄の本能恐るべしである。

　まだ荒い息を吐くダリアから離れ、掛け布団の布で唇を拭う。薄暗いせいで気づかなかったが、寝台は埃《ほこり》一つなく清潔に保たれ、人の手が入っていることが窺えた。

（手触りもいい。この城の部屋にしては本当に上質な生地が使われているし、実用性重視で派手さがない）

　シャイセス王族の所有の部屋にしては珍しいほど見た目は質素だ。伯母の屋敷を除けば、この国に来て初めて落ち着ける部屋だった。

　絹ではなく綿布だろう。糊《のり》が効いている清潔な敷物の手触りに熱中していると、

「何をしている」

　背後から腕が回され、ダリアが肩越しに覗き込んで来た。

「趣味のよい部屋だと思って」

「趣味がいいか？　殺風景で何もないつまらない部屋だぞ」

「あなたにはそうかもしれないが、私にはこの方が落ち着く」

　先ほどまでの経緯から、離れろと言ったところで離れないだろうとクランベールは背中にダリアを張り付けたままにしておくことにした。前に回って来た腕や視界に入る脛毛の生えた足から、ダリアがまだ全裸なのがわかる。結構な量を吐き出した陰茎は、きっと大人しくなっているはずだ。わざわざ確かめ

ようとは思わないが、このままくっつかれていると背中や尻に触れそうで落ち着かない。

そもそもあれだけ反発していた相手に簡単に自分を委ねるなど王のすることではない。

クランベールは男の手を退けて体を反転させた。片足を胡坐《あぐら》をかくように曲げ、もう片方の足は伸ばされている。その間に自分の体があることと、勢いを失って重く垂れさがっているものに内心うんざりしながらクランベールは言った。

「もう気が済んだだろう」

「気が済んだとは？」

「愛妃たちに相手にされず溜まっていたものを出せ満足だろうと言っているんだ」

「ああ。あれはよかった。これまで感じたことのない感覚だったぞ」

手を伸ばし顔に触れようとするのを横に避けると、ダリアは思い切り不機嫌な顔になった。

「――なぜ避ける」

「むしろ避けない理由がないだろう」

そう言うと、男の首が傾げられる。

「俺の寵愛を受け入れたのなら、もうお前は俺のものだ」

「いつ私があなたの寵愛を受け入れた？」

不機嫌を隠す気のないクランベールに対し、ダリアも同じ渋面ながらどこか嬉しそうに見えるのは気のせいだろうか。

「あれだけ俺のものを可愛がってくれたのだ。気がなければしないだろう」

「……長く口の中に入れておきたくなかっただけだ」

思ったより早く達してくれて助かったというのは、名誉のために伏せていた方がいいだろう。

「とにかく、早く服を着てその見苦しいものを仕舞え」

　早くしろと急かしながらクランベールは自分のはだけた前の釦を留めようとしたのだが、

「……何をする」

　手首を摑まれてしまう。

「なぜ服を着る」

「――私は裸で外を歩く趣味はない。周りに与える影響を知らないわけではないからな」

　自分の美貌をクランベールはちゃんと理解している。男女共に性的な目で見られることも多く馴染《なじ》みのものだ。しかし、慣れたからと言って不快に感じないかというとそんなことはない。他人が裸でいるのは好きにしろと思うが、今のように直《じか》に目に触れる場所で見せつけられるのは勘弁して貰いたい。

「あなたもそれを早く仕舞え」

　しっしっと片手を振り、離れるよう示したのだが、逆にぐいっと引き寄せられそうになり、寝台の上につく手に力を込めて踏ん張った。だがその抵抗もダリアには気に入らなかったようだ。

「なぜこっちに来ない」

「離れたいから以外の何がある。――おい、どうしてそこがまた頭をもたげている？」

　じっと睨みつける視線の先は堂々と晒されているダリアの股間。一度達したにも拘らず、再び力を取り戻し、だらりと布団の上に落ちていたものが、今や再び勃起しようとしていた。クランベールが見ている間にそれはさらに硬度を持ち、膨らみながら腹の方へ反っていく。三十代なのを考えれば感心するほど、腹に付きかねないほど天井を向いている。

「なぜ勃起させる」

「お前が見ているからだろう」

「……それに意思はないのか、意思は」

枕を投げつけてやろうかと手を伸ばした先に触れるものがある。馬場からこちらへ連れ去られた時に握っていた乗馬用の短鞭だった。自分専用のものはシャイセスには持って来なかったので、城下の馬具屋に出向いて調達したものだ。練習用とはいえ、生き物に使う道具に手抜きをする気はない。時間の関係上、既製品しか見ることは出来なかったが、腕のよい職人がいるのならシャイセス国にいる間に作って貰うのもいいと考えている。

その軽く手に馴染みやすい鞭を手に取ったクランベールは、先端の平たい部分をダリアの局部に向けた。

「さっさと大人しくさせろ。でなければ打つ」

睨みながら冷たく言ったクランベールは、だが次の瞬間には目を見開き、すぐに直前よりもさらに冷たい視線を射るようにそこに向けた。

「信じられない……。今の私の言葉でどうして余計にいきり立つんだ？　説明しろ」

上下に視線を動かして、本体にきつく言うもなぜかダリアは首を傾げている。その目は自分の分身へ向けられている。

「どうしてと言われてもな……。俺にもわからん」

「わからんではない。自分のものだろうが。宥《なだ》めて大人しくさせろ」

「自分でか？」

無言で顎で示すと、ダリアは仕方なさそうに陰茎を握った。

「……」

「……さっさと手を動かせ。だからっ、どうしてそこで震えながら濡らすんだ。私を見るな」

クランベールは少し尻を動かして後退《あとずさ》った。股間に片手を添えた男の目元は赤く、なぜかクランベー

ルを見つめている。半開きの唇から零れ聞こえるのは吐息で、あれ程女好きなダリアがなぜ自分を見て興奮するのかがわからない。

（そういう性癖を持つ男は何人か知っているが、まさかシャイセス国王もなのか……？）

迫られ、酷い言葉を投げつけてくれと足元に跪《ひざまず》いた男は数知れず。弟のフランセスカの「出戻り王子」より酷い「鬼畜王子」と陰で噂されているのも彼らが要因の一端だ。決して、嬉々《きき》とした表情で延滞料や踏み倒し金を回収に向かう姿を目撃されているからではない、と思いたい。

距離を取りたいクランベールだが腕を握られているため完全に離れることが出来ない。体格に見合った握力は、下手に力を入れれば手首が折れてしまいそうなほど強かった。

「……何の真似だ」

「離せばお前は逃げる」

「当たり前だ。何が楽しくて他人が自慰をしているのを見物してないといけないんだ。私にそんな性癖はない」

だから離せと手を振るがダリアは頑として離さない。その攻防の間にも片手は上下に扱いているのだから、大したものというべきか、恐るべき性癖だと慄くべきか。

そうやって言っている側から手の動きが速くなり、呼吸が荒くなる。

「……ダリア」

もう陛下などと呼ぶ気にもならず、クランベールはじっとりと半眼で男を睨みつけた。

「なんだクランベール」

「それが終われば解放してくれるのか？」

「それとは？」

「あなたのそれだ！」

握られていない方の手で思い切り指したつもりのクランベールだったのだが、右手には鞭を持っていたことに気づき、慌てて向きを変えようとしたが遅かった。ペチッという跳躍音と同時に、

「うっ……」

という声が聞こえ、ダリアの股間に当たったのがわかった。まだ他の肌の部分ならましだった。だが、鞭の先端が触れた——叩いたのはまさにそそり立つ陰茎だ。それだけなら謝罪をするつもりだった。クランベールも男だ。王子と言えど幼い頃には不注意で股間を打って悶絶したこともある。

だから真摯に謝罪するつもりだったのだが——。

「……ダリア……あなたという男は……」

クランベールの唇から溜息と同時に零れた言葉は、今までで一番冷え切っていたかもしれない。溜息は冷気となり、言葉は矢となってダリアに突き刺さる。

通常ならそれで萎縮するものが多いのだが、相手は傲岸不遜な国王。しかも他人の機微に疎く、それ以上に気にしない。

それでもだ。

「なぜ打たれて達する……？」

一万歩譲って、思いも掛けない刺激が与えられたせいだとも考えられる。だが、射精の余韻に浸っているダリアの表情は、元が精悍な分、強烈な色気を放っていた。つまり、痛いと感じなかったか、もしくは考えたくないが痛みを快感に変換してしまったかどちらかだろう。

ダリアが精液を放つとは二人共が意図しなかったため、クランベールも避ける間がなかった。射精の瞬間、無意識にクランベールの側へ倒していたらしい先端から飛び出した飛沫は、クランベールの胸に

しっかりと届いていた。

「……」

無言のまま自分の胸を見下ろす。生温い白濁が胸から腹に掛けてトロリと垂れ、ズボンの端に届こうかとしていた。

クランベールは顔を上げた。

さすがに気まずげな表情をしていると思っていたのに反し、ダリアはやはりどこか蕩《とろ》けた表情の中に、獣の欲望を湛えた瞳でクランベールを見つめていた。

（これは危ないな）

今はただ快感に酔いしれているただの男だが、野生が勝れば押し倒されるのは明らかだ。その前に牽《けん》制《せい》し、主導権を完全にこちらが握る必要がある。

（ここが仮に城内だったとしても、大声を上げて助けが入る可能性などないだろう）

ならば、今後のことも考えてダリアとの関係で、自分が上だと教え込む必要がある。金銭感覚を身に付けさせるよりも、性交渉の多さに比べて圧倒的に内容としての経験が不足しているダリアを体で籠絡する方が早いだろう。

自分を安売りしている気はない。だが、王としてはあまりにも稚拙で幼い国王を矯正する機会があるとすれば、今しかないような気がする。

シャイセス国に恩義はない。どうなろうと知ったことかとも思う。一方で、暴君でありながら子供のようなダリアへの同情も多少は芽生えていた。ダリア――シャイセス国王も、長く続いた歪な貴族社会の犠牲者なのだろう。腹は立つが、憎いと思ったことはない。それがダリアに対するクランベールの正直な気持ちだ。

（差し当たって、閨房でする行為が一方的なだけではないということを教える必要はあるだろうな。本

人が責任を取れと言っているんだ。構わないだろう）

本当の快感を知ったダリアがどう変わるのかは非常に興味があった。それも後押しをしたのかもしれない。

（好奇心は身を滅ぼすというが、勝ちに行くのが私だ）

滅びる気は毛頭ない。

「ダリア」

躾《しつけ》は最初が肝心だ。上気した顔でクランベールを見つめるダリアの目に険しさはない。それにクランベールは満足した。これはいける。

クランベールの方へ伸ばされた手の甲を鞭を使って軽く打つと、はっと引っ込めはしたものの怒鳴ることはない。

「……前に私があなたのそこを蹴ったことがあったが覚えているか？」

「覚えているとも。あの後三日は使い物にならなかった」

「そんなに痛かったか？」

「当たり前だ」

「では、もう鞭を使うのは止めた方がいいか？」

「止めるのか？」

「だって痛いのは嫌なんだろう？」

重ねて念を押すとダリアは渋面を作った。若干陰茎は勢いを失くしているが、項垂れるまで至っていないのはさすが獣だ。

「それよりも」

何かを振り払うように軽く頭を振ったダリアは、膝立ちで四つん這《ば》いになりクランベールの方へのそりと体を寄せて来る。豪奢な金髪と長めの髪はまるで獅子の鬣のようで、本来の王としての責務を果たしていれば、真実獅子王として君臨していたであろう容姿の持ち主なだけに、今の状態が非常に残念な気がする。

クランベールの投げ出した脚を挟むように近づいたダリアの指がクランベールのズボンの縁に掛けられた。

「脱がすのか？　あなたが？　脱がされることに慣れたあなたが私の服を脱がすのか？」

ダリアの態度を見ていれば、常に相手が準備をして臨んでいたことを容易に察することが出来る。脱いで寝台で待っているか、または下肢の衣類だけを寛げて王を受け入れたかどちらかだ。この男が愛撫する姿など、あまり想像出来たものではない。

「お前のは俺が脱がしたい」

すぐ真下から覗く緑色の瞳。白いところがやや血走っているのは、興奮の中にあるせいだろう。

「どうしてもか？」

「どうしても」

クランベールは鞭を持っていない左手で前立てのまだかろうじて留まっていた下腹部の釦を一つ外した。一か所留めているだけなので、外せばすぐに開いてしまう。

前立ての上を捲《めく》るダリアの指が震えているように見えるのは気のせいだろうか。

ダリアがクランベールの上衣を躰から剝きとろうと体勢を屈めると、ダリアの背中が目に入り、クランベールは眉を寄せた。

「……背中の傷は？」

獣の爪痕のような跡が一本、背骨を避けるように一本走っている。大きなものではなく、うっすらとそこだけ濃い色に変わっているくらいだが、見なかったことが出来ないくらいには衝撃的だ。

脱がし易いよう腰を浮かせたクランベールの足を

丁寧に曲げ、片足ずつズボンを引き抜きながらダリアは何てことのないように言った。

「飛竜に襲われた。俺は覚えていないが、周りがそう言っていた」

「飛竜が？」

　クランベールは驚いた。竜族の中では小型の飛竜は竜に比べれば気性が温和なため、移動手段として市場で流通している乗り物でもある。シャイセス国と接する山脈には飛竜の群れが生息しており、クランベールが伯母からの報酬として飛竜を提示されたのは入手しやすいということがあったからだ。

「……だからか。だからシャイセスが国にしては飛竜を飼っている数が少ないと思っていたんだ」

　馬よりも遥かに金が掛かる飛竜は、その分だけ乗りこなせば虚栄心を満足させる道具ともなる。その飛竜を城内で見掛けたのは二回だけ、遠くに飛び立つ姿を見掛けただけだ。

「飛竜隊があってもおかしくないのにそれがないのが不思議だったんだが、それが理由か」

「俺は知らん。俺が王になる随分前から移動手段は馬だけだ。城にいるのは、昔にいた名残だ。他国の連中は飛竜を見れば満足するからな」

　ズボン、それから肌着まで脱がし終えたダリアは、クランベールの足を撫でながら笑った。

「体毛が薄いのか」

「家系だ。エフセリア王族は誰もが体毛は薄い。頭髪だけは不足しないようだから問題はない」

「なるほど」

　太腿《ふともも》、脹脛《ふくらはぎ》を撫で手触りを堪能しながらダリアが膝頭に口づけを落とす。

　一瞬体を走った刺激をぎゅっと耐え、クランベールはダリアへ言った。

「あなたから唇を寄せるとは思わなかった。人にさせてばかりなのだろう？」

「強請られて与える。それが王の慈悲だ」

静かな言葉だったが、生まれてから王として生きるべく過ごして来た威厳のようなものがあった。そしてダリアは膝に唇を寄せたまま口角を上げ再び微笑む。

「喜べ。お前の足は初めてシャイセス王が自ら口づけを与えたものだ」

それにどれほどの価値があるのかと思いはしたが、本人は至って真面目だ。

「……それで？　あなたは私の膝にだけ口づけを与えると？　他の場所には要らないと？」

クランベールはそっと膝を開いた。銀と紫が混じった陰毛は薄っすらとしか局部を隠さず、象徴はダリアの目にはっきりと映っているはずだ。


ごくりという喉が鳴る音を聞いた。

ダリアの視線が自分の股間に集中しているのを感じながら、クランベールはそっとそれを手に取った。

ダリアの性器は相変わらず勃起し滴《しずく》をぽたぽたと垂らしている。時々足に当たっているが、刺激が欲しいダリアが自分で当てていることにも気づいている。

時々膝を曲げれば脛に当たる固いもの。いつになったら止まるのか、二度も精を放っておきながらダラダラと滴を零しているのが可愛らしいくらいだ。

「……触れたいか？」

大きく頷く男。

「どこに？」

「お前のそれに」

「そこだけでいいのか？」

指がクランベールの内腿に触れ、腹から胸へと順に伸びていく。

「……お前の肌は気持ちがいい。いつまでも触れていたいほど、俺の手に馴染む」

ダリアの手が肌の上を這い回るのをクランベールは止めなかった。ここで止めるのではない。止めるのは最後の場所をダリアが侵食しようとした時だ。

圧し掛かりながらダリアがクランベールの腰を抱き、ゆっくりと寝台に横たえる。結った髪が邪魔で、クランベールは自ら簪を引き抜いた。

組み伏せて上から見下ろすのは雄の獣。ギラギラと瞳を燃え立たせ、今か今かと飛び掛かるのを待っている。

クランベールは挑発するように薄く開いた唇を舌で舐め、命じた。

「――来い」

獰猛な獣が首に顔を埋め、歯を立てるのをクランベールは天蓋《てんがい》を見上げて微笑みを浮かべて受け入れた。

肌を這う吐息が熱い。重なり絡み合う足は互いの体を離すまいとしているようにも感じられた。

（おかしいな。そんな感情をこの男に抱いているはずがないのに）

嚙み跡がついてしまったと思うほど強くクランベールの白い喉に嚙み付いたダリアは、その勢いのまま首から肩、肩から胸へと唇を這わせていった。

（嚙み癖があるみたいだな）

乳首を口に含んだダリアは赤ん坊が乳を吸うように手で押さえながらきつく吸う。歯で嚙むのは乳が出ないことへの抗議ではあるまい。歯が当たるたび、クランベールの体がびくりと動き、仰《の》け反《ぞ》る姿が見たいからだ。

胸から腹まで何度往復したことか。鍛えていなくても無駄な肉も脂肪もないクランベールの体では、女の柔らかな体に慣れているダリアは萎えると思っていたのだが、決してそうではなかった。

互いに密着した体勢では、下半身がどんな状況なのか言葉で語るよりよくわかる。

「肌がこんなにも甘いとは知らなかった」

手触りがお気に入りなのはこの部屋に来た最初からわかっていたが、クランベールの体表すべてにダリアの手が触れ、口づけを落として行った。

徐々に下がる頭。体が下がると自然に隠されていた下腹部もはっきりと見えて来る。

動く手が止まったのを感じ、クランベールは目を細くしてダリアへ問い掛けた。

「男のものに触れるのは初めてだろう？」

「ああ、初めてだ。俺のとは随分違うな」

くすっと笑いが零れてしまう。

「あなたのは規格外だ。私が普通だろう？」

羨ましいとは思わない。あれはダリアの体格だから見合うのであって、自分の体にそれがあれば違和感しかないだろう。

「どうだ？　触ることが出来るか？　私がしたように、あなたのその口の中に入れることは出来るか？」

出来ないのならここまでだ、とクランベールは言外に含ませた。顔が好きで気に入るが、いざ男の象徴たる陰茎を見てしまえば途端に冷めてしまう男を何人も知っている。

触ることは出来よう。だが自ら唇を開き、咥内に導くには覚悟が必要だ。

（私の場合は無理矢理だったたがな）

噛み切らなかっただけ有り難く感謝すべきだと、

じっとクランベールの陰茎に視線を注ぐダリアの頭を見ながら思う。触れ合い、体に愛撫を施され、一応は同意の上での行為なので嫌悪感はない。ダリアのように天を衝くほど勃起するのは横に置くとして、まだ緩めではあるが硬さを持ってきている。脚の間から少しだけ浮いている様子はどこかおかし気だ。

覚悟は出来ているのだろうかと問うクランベールだが、ダリアはふっと笑みを浮かべた。

「さっきから触りたくて仕方がなかった俺を忘れたのか？」

大きな手が持ち上げるように陰茎を包み込み、握り締める。

急所であると同時に官能を呼ぶ器官でもあるそこを握られて、クランベールはふぅと小さな喘《あえ》ぎにも似た声を漏らした。が、すぐに悲鳴を上げながら上体を起こし、ダリアの頭を思い切り叩いた。

「痛いッ！　もっと優しく握れ！」

少しきついなど生易しいものではない。錆び付いた缶の蓋《ふた》を開ける時のように力を込められたのだ。頭を叩いてしまうのも正当防衛だ。

クランベールに叱られたものの、ダリアは手を離すことはなかった。

「すまん。このくらいか？」

「もっと緩めろ。潰す気か」

「わ、わかった。これならどうだ」

「緩すぎる」

などと上下で会話をしながらどうにか力調整は出来たが、その間にクランベールのものはすっかり萎えてしまっていた。

噛み付く時にはそれなりに加減をしていたのだろう。多少痛みがあっても耐えられないほどではなかった。そこで自分の好きなようにやっていいと勘違いしたのだと思われる。

　クランベールは陰茎に添えられていたダリアの手を外し、自分の胸に添わせた。その時に見えたダリアの巨茎はやや力を失ってはいたが、胸に触れた瞬間に飛び起きたのには笑ってしまった。

「何がおかしい」

「すまない。あなたの体は正直だなと思って。とりあえず、私のものに触るのは後だ。いいか。触れる時にはそっとだ。あなたのように力がある男には難しいかもしれないが、だからこそ加減を間違うな。肌に触れる時にはそっと触れるか触れないかの距離で、肌に直に触れず産毛を撫でるようにだ」

「これでどうだ」

「それでいい。ちょうどを維持しろ」

　相手がくすぐったさを覚えるくらいでちょうどいい。

　ダリアの手の動きを追っていたクランベールは意外と爪が綺麗に整えられていることに気づき、笑みを浮かべた。

「それ、手入れはしているんだな」

「それ？」

「爪だ。伸びたままだと思っていた」

「前に伸ばしたままで怪我《けが》をしたからな。それ以来、気を付けるようにはしている。三日に一度はやすりを掛けているぞ」

　怪我をしたのはダリア本人か、それとも愛妃たちか。まさか子供たちではないだろうと思いたいが……。

「自分たちは爪を伸ばしっぱなしにしている癖に俺が伸ばしていると怒る。痛いだの何だの煩くてかなわん」

「……それは愛妃たちが正しい。女の体は繊細だ。

それに顔や体に自信を持っているものほど傷がつくことを厭《いと》う。私の知り合いは、それが元で嫁に貰うことになった」

「傷ものとはそういう意味なのか」

　初めて知ったと頷くダリア。クランベールは溜息を吐き出した。

「違う。広義の意味ではそうかもしれないが、一般的に傷ものという言葉から連想されるのは、経験のない未通の男や女の中に無理矢理挿入することだ。誰かの手がついてしまったことで、まっさらな体ではなくなったということを指す」

　女でも男でも初めての時には出血もある。表からは見えない部位ではあるが、傷ついたという意味では男女に差はない。

「おそらく、お前もそうして何人もを傷ものにして来たはずだ。許可を得ず性行為に及ぶのは暴力と等しい」

　この状況で言うのは雰囲気を壊すのもいいところだが、ダリアがどう感じているのかはともかく元より甘い雰囲気など二人の間にはない。盛っている状態で、情欲の赴くまま行為に及ぶことが非道だというのを教えるには、体を晒し合っている今しかないように思えたのだ。

　ダリアの手が胸の尖りに指を掛けた状態で止まり、クランベールの顔をじっと見つめた。

「――お前はどうなんだ？　俺とこうしていると傷ものになるのではないのか？」

　その言い方も表情も渋いもので、

「どちらがいいんだ？」

　まっさらな体に手をつけてよいものか、それでも交わりたいと思っているのか。

「――すでに私は同意している。それに」

傷ものにはならないから安心しろと言い切る前に、再び寝台に押し倒された。そのまま唇を重ねようとするのを手のひらで押し返し、頭を抱えて胸に押し付ける。

何故《なぜ》唇を重ねてはいけないのだと文句を言われる前に、クランベールは一度ダリアの背中に腕を回し、抱き締めた。

（重い……そして熱い）

肉体的な熱さもあるが、体の内側から熱が発せられているかのように熱い。手のひらを通して伝わって来ていたが、肌を合わせて初めて実感する熱さだ。頭に血が上っているからだろうが、高熱を発した時にも朦朧《もうろう》として浮ついた気分になるなので、両者は似ているのかもしれない。

「好きに動いてみろ。あまり自分勝手なら口出しするが、お前が普段しているようにしていい」

そう言った後でふと思い出す。この男は男を抱いたことがあるのだろうか、と。

「なあ」

質問し掛けたダリアは、

「おいっ！　いきなりか!?」

クランベールの両足を大きく開かせると自らの体を割り込ませ、手に添えた巨茎を尻に入れようとするダリアの姿が目に入り、膝を閉じようと動かした。運のよいことに膝は、クランベールの秘所を食い入るように見つめていた無防備なダリアの横顔に直撃した。

体が浮いたのを幸いと駄目押しに足の裏で突き飛ばし、寝台の奥の方へと体を寄せた。

「……いきなり蹴るな。痛かったぞ」

顔を押さえてクランベールににじり寄ろうとする男を鞭を振って威嚇する。

「それくらい耐えろ。あなたという男は今までもこうだったのか？」

「こうとは？」

「……確かに好きに動いていいとは言った。いつもするようにと。だが、まさか何の準備も施さずいきなり挿入しようとするとは思わなかった」

「何か必要なのか？　いつもは多少乳を揉んだりはするが、すぐに入れるぞ」

「……最低だな、シャイセス国王」

「おい」

「その凶器を側に近づけるな」

　鞭の先でピタピタと茎の部分を叩く。萎えないのはわかっていたが、これだけお預けを食らってなお勃起を維持しているのはすごい精神力だ。前戯は粗末でおざなりなのに、挿入して射精するという男の最も快感を得る部分だけは押さえている。


「ただでさえあなたのものは大きいのだから、入れられる側をもっと労《いたわ》れ。体全体で入れていいと許可されてから入れろ」

　クランベールとしては注意をしたつもりだが、ダリアが反応したのは「大きい」という部分だった。

「俺は王だからな。当然ここも王らしくあるべきだろう」

「自覚しているのなら自重しろ」

「小さいより大きい方がいいということくらい俺だって知っている」

「時に寄りけりだ。程度を考えろと言っている」

「それならお前の中に入れてはいけないのか？」

「……眉を下げるな。それくらいで悲しそうな顔をするな」

「それならいいんだな」

　分身も元気に一回り大きくなった気がする。

「男を抱いたことは？」

「ある。一度だけだがな」

「その時は何もしなかったのか？　その、愛撫などは」

「していない。俺の膝の上に乗った後は、すぐに自分で入れていた。だからどこに入れるのかも知っているし、忌避感はないな」

　どこかの貴族が王のために用意した高級男娼だろう。性を商売にするものたちは、自分を守るためにも準備は念入りで怠らない。潤滑剤を入れたり、器具で拡張したり健気な努力だ。

　しかしクランベールがここでそれを行うのは違う。ダリアへの授業だ。

「男はここを使う。女ではないから自分で濡れることはない。胡坐をかいて座れ」

　ほとんどそれに近い状態だったダリアは指示通り足を楽に組む。それを確認したクランベールは立ち上がると膝に跨るような形で座った。

「クランベール……」

　すぐ首筋に鼻先が触れたが、無視してダリアの手を握り、そっと自分の後ろ——尻の合間を滑るようになぞった。ダリアの指を軽く摘み、穴に触れさせる。

「濡れていないだろう？」

「ああ」

「だから」

　まだ触れていたそうなダリアの手をもう一度前に戻すと、クランベールは自分の口の中にダリアの指を咥えた。

「おい……」

「濡れないなら、濡らせばいい」

　舌を使い、指の腹を舐め、強弱を付けて吸う。人差し指、中指、薬指と順に、時折見せつけるように口を開け、赤い舌を出してチロチロと舐めた。

「こうやって自分や相手の唾液を使うこともある。最初からそのつもりなら潤滑油を用意しておくのがいい。風呂だと石鹸《せっけん》が使えるし、一度吐精した後のものを塗りこめてもいい」

「そうやって濡らすのか」

「そう。濡れていないと入れる方もきついぞ。尻の穴、それから自分のものの先端を濡らしておくと入れやすい」

「濡らせばいいんだな」

「そう。ここにはないだろう？　だから」

あなたが使いたいものを使えばいいと言おうとしたクランベールは、いきなり背後に倒れ込んだ。もう何度目かになるかわからないほど押し倒されていると思う。


だが今度は押し倒した後ダリアは上に乗って来なかった。その代わり、

「ダリアっ」

クランベールは叫んでいた。

クランベールを寝台に倒したダリアは、さっきと同じようにクランベールの足を大きく開き、あろうことかそこに顔を埋めたのだ。

ぬるりとした肉厚の舌が穴に触れた。

「ダリアっ、ダリアっ、それはしなくていい！」

自分の股の間で、金髪が揺れる。金色の王冠に劣らないその輝きの持ち主は、クランベールの制止の声を無視し、ねっとりと舐め続けている。

「ダリアっ……くっ……」

「クランベール、お前が言った通りだ。少しずつ柔らかくなって来たぞ」

「そこで喋るな」

　ふっと笑う吐息が敏感な場所に掛かり、クランベールはきゅっと目を閉じた。

「だがこれだけじゃまだ足りなさそうだ。俺のが入るようになるにはまだ足りない」

　きゅっと一本指の先が中に入り掛けたが、入り口に跳ね返されてしまった。クランベールがまだ挿入には早いと力を入れたのもあるが、それがなくても少量の唾液だけでは無理だろう。

「それなら精液だな」

　顔を上げたダリアは何かを考えるように首を傾げた。触れられたことで体が敏感になってしまったクランベールが見つめる前で、ダリアは精液を使うため手を動かした。

「おい」

「なんだ」

「……いや、いい。気にせず続けてくれ」

　クランベールの冷めた目には自分の陰茎を上下に激しく擦《こす》り上げるダリアの姿が映っていた。精液を使うと言った時、クランベールが吐き出したものを使うと思っていただけに、がっかりとしたのは否めない。性欲はそう強い方ではないが、クランベールとて男。体の中に燻《くすぶ》ったものがそのまま放置されるのは収まりがつかなくてしょうがない。

　一応ダリアは時々クランベールに視線を落としては何かをかき立てられたのか、はぁはぁと息も荒く、達するまでに間はないだろうが、このままなのは何となく悔しい。手が早いのかそうでないのか、よくわからない男だ。

（そっちがそのつもりなら……）

　クランベールはキッと眦《まなじり》を上げてダリアを睨むと、おもむろに自分の性器に手を伸ばした。左手で握り、手のひらで先端を包むようにしながら捏《こ》ねて行く。

「んっ……」

　やっと訪れた本格的な刺激にクランベールの口から声が漏れた。

（そこまで欲求不満だったわけではないはずだが……）

　シャイセスに来てから数回しか性処理をしなかったのが悪かったのだろうか。だがエフセリアにいる時も大して頻度は変わらない。視線を自分の陰茎から上げれば、同じように自らの巨茎を握り、ギラギラとした表情で激しく手淫に励むダリア。

　二人の視線が交錯し、各々の手の動きが速くなる。クランベールは空いている右手で胸の尖りを撫で、それから徐々に下に滑らせていく。銀紫色の陰毛を指で梳《す》き、時々陰嚢を持ち上げる仕草をしながらダリアの目を下に向けさせる。少し浮かした腰の下に枕を入れれば完璧だ。腰が上がった分、これまでよりはっきりとダリアの目的地が見えているはずだ。

「ダリア、上下に動かすだけじゃない。もっと、ほら、私がしているのを真似て」

「こう、か？」

「そう。あなたは手が大きいから包むのも十分。袋も一緒に可愛がってやるといい」

「……ああ、クランベール、クランベール……なんだこれは。こんな感覚は俺は知らないぞ。俺の手だが俺の手ではない動きをする」

「私の口の中の動きを思い出すといい。ほら、先の割れ目に舌を入れられた時、どんな風に感じた？」

　ダリアの指が動き、穴を刺激し始めたようだ。手と同じく指も大きいから思ったような刺激が得られず、苛立ったような表情だ。

「ダリア、それをこっちに」

　誘いに引かれるようにダリアが腰を寄せた。その腰を引き、ダリアの陰茎と自分のものとを纏《まと》めて握る。

「あなたも握って」

「あ、ああ」

二つの分身に二人の手。

「さっきと同じように擦って。今度は私のに擦り付けるように」

「わかった」

筒状に組んだクランベールの手の中を二つの陰茎が何度も上下に出入りする。手だけではなく、ダリアの腰の動きも速くなる。

「クランベール、なんだこれは。中に入れなくてもこんなに気持ちいいものなのか」

「工夫次第だよ、ダリア。でもね、私の中はこれよりももっと熱くあなたを悦《よろこ》ばせてあげるだろう」

「ク、クランベール……ッ!」

くっと息を詰めるダリアの声がして、二人は同時に白濁を飛び散らせた。体勢上、クランベールの方へ向かって飛んで来た飛沫は顎の先まで距離を伸ばしていた。胸の辺りに点々と散らばる二人分の精液。

クランベールも息は荒かった。久しぶりに出したため、今日三度目のダリアよりクランベールの精液の量が多かったかもしれない。

「ダリア、これを」

脱力していたダリアが顔を上げると、クランベールは見せつけるように人差し指で精液を掬い取った。指の上に盛り上がる白濁には、大事な役目がある。

ダリアの精気と性力は一気に高い水準にまで到達した。

クランベールは自分から足を開き、ダリアが塗りやすいようにした。

「早くしないと乾いてしまうぞ。精液はそれが欠点だ」

　それを聞いたダリアは慌てて精液を掬い、尻の穴へと塗りつけた。

「少しずつ開きながらだぞ。自分の指にもつけるのを忘れるな」

　湿り気が足りないとはいえ、一度唾液で濡れて慣らされていた箇所は、精液を纏ったダリアの指を意外と簡単に受け入れた。

「ん……」

「痛いか？」

「痛くはない。ただ、んっ……！」

　最初の違和感には慣れることはない。たとえ小指でも中に入る時には窮屈な感じを覚える。ダリアの指も体や陰茎同様大きさを持っている。それが楽に出入り出来るようになるまで、まだ時間が掛かりそうだ。

「少しずつでいいから入り口が柔らかくなるまで指で慣らして。指は一本だけじゃなくて増やして……あなたのそれが入るくらいに広げて……っ」

　今はまだダリアが慣れていないためもたもたとぎこちない指使いだ。だが、解すたびに変わるクランベールの体を見続けていれば、直に興奮が勝り、性急に動くようになるだろう。

「あ……ん……」

　まるで初めて玩具を与えられた子供のように、ダリアは熱心にクランベールの教えを守りながら、クランベールの穴を解した。一本が二本になり、内部で動く指が三本になる頃には、片手で穴を扱い、片手でクランベールのものを扱くことも出来るようになる。放置されていたはずのダリアのものはダラダラと滴を零しながら、今か今かと待っているようだ。

「もう、いい」

痛みと違和感がなくなり、クランベールの体も受け入れる準備が整った。

大きく足を開いたクランベールは自分のものに手を掛けながらダリアへ笑い掛けた。

「入れ方は、わかるか？」

「当たり前だ」

それが限界だったのだろう。穴に柔らかくも硬いものを押し付けられたと思ったら、一気に奥にまで入り込んで来た。

「あ……ッ……！」

巨大な陰茎に貫かれ、ダリアは一瞬息が出来ないほどの衝撃を受けた。所詮指は指でしかなく、本物の持つ重さや力にはまるで敵わない。

奥まで届いたと思ったクランベールだが、ダリアの腰が尻に触れていないことに気づき、慌てた。

「ダリア、待て！　そのまま待て！　まだ動くな！」

巨茎というと太さばかりを気にしがちだが、長さも当然ある。女と違い突き当たりがない分男の方が奥まで入れることは出来るが、腹の方までせり上がって来るということでもある。それ故の制止なのだが、眉間に皺を寄せ、険しい表情のダリアはクランベールの膝を抱えながら首を振る。

「無理だッ、待てんッ」

「だめ……あっあっ……ッ」

背中が反り白い喉が仰け反る。

愛撫だけで焦らして来た反動か、やっと中に入ることが出来たダリアの巨茎は遠慮という言葉を知らなかった。

パシパシっと尻たぶに肌が当たる音がする。ダリアの腹や陰嚢がクランベールの尻に何度も当たる。

「やっ……そこ、奥っ」

「クランベール、クランベール……ッ。何だこれは。

どうしてこんなに俺を絡め取る」

「知らないっ、私は知らな……いッ」

「知らないなど言わせんぞ。これを」

と言ってダリアが入り口まで陰茎を引き抜き、

「こうして」

中に押し込んで息を詰める。

「ダリア、動くな」

「だから無理だと言っている。感じないのか？　お前が、俺を、こうして奥へ奥へ誘うんだ。絡みついて離れない。中で何かを飼っているみたいに蠢《うごめ》いている……こんなのは初めてだっ」

「うっ……」

ダリアは激しく腰を動かし始めた。額に汗が浮かび、すぐに飛び散る。想像しなかった刺激に感覚がついていかないクランベールは身を捩り、頭を左右に振って取り乱す。


（こんなはずじゃなかった。私が全部主導権を持って、笑ってやるつもりだったのに）

慣れていないのを指摘して、余裕を持って体を重ねるつもりだった。

ダリアを甘く見ていたのは否めない。だが、ここまで野獣のような激しさで交わる男だとは思わなかった。もっと淡々と、数回動かして射精して終わり、端的に言えば経験が少ない童貞も同じの早漏だと思っていた。

（見くびり過ぎていた）

脳の片方で冷静に分析する自分がいて、もう半分のクランベールは与えられる快楽と凶暴な交わりにどうにかなりそうだ。冷静な部分も徐々に自分を貫くものへと意識を向け始めており、ダリアと同じように獣になるのはすぐだろう。

「ダリア」

腕を伸ばしたクランベールの意を汲《く》んだダリアが奥まで貫いた姿勢で上体を寄せる。汗に濡れた首に腕を回して引き寄せれば、熱い吐息が耳元を掠める。この体位は深いところまで届いている。そして、上体をクランベールに預けたダリアは腰だけの力で抽挿を繰り返した。結合部分から漏れてくるのは体液か、それともダリアが零す液体か。

何度も出し入れされるすることでダリアの形を覚えたクランベールの中は、しっかりと道を作っていた。ダリアを絡め取り、絞り、その精を受け止めるために。

「クランベール」

ふっと意識が飛び始めたクランベールの唇に軽く触れるものがあった。

それがダリアの唇だと気づいたのは、嬌声《きょうせい》を上げながら絡み合う裸の二人が同時に達した後、意識を失ったクランベールが真新しい寝台の上で目覚めてからだった。

目覚めたクランベールの視界に入ったのは、背中に羽を生やした小さな人が大樹の周りを囲んで飛んでいる絵で、それが寝台の上を覆う天蓋だと最初は気づかないほど見事な出来栄えだった。

この部屋が別名「天華《てんか》の間」、正式名称「王妃の間」と呼ばれる場所だと知ったのは、疲労困憊《ひろうこんぱい》で寝台に倒れ込んだ後、睡眠欲を満たしたその更に翌日の昼だった。

連れ込まれてダリアに抱かれている間も眺めていたはずだが薄暗かったのもあり、ほとんど記憶に残っていなかった。今は、閉められていた分厚いカーテンが開かれ、向こうが透けて見えるレースの生地だけが外からの視線を遮っている状態だ。

「思ったより広い。それに綺麗だ」

　シャイセス城の趣味の悪さは語るまでもなくクランベールもよく知っている。出来れば総入れ替えしたいものは絵画や石像、調度品に限らずかなり多い。不要なものから順次売り払ったり取り換えたりしているが、後回しにせざるを得ないものがあるのも確かだ。国王ダリアの部屋など無駄なものの宝庫ではないかと疑っている。

　それくらい、城内の部屋で合格点を出せる場所は少ないのだ。だから、飾り物が少ないとは感じていても、ここまで素朴だとは考えもしなかった。

　クランベールは肩に回された腕を外し、ゆっくりと体を起こした。久しぶりに起こす体は、特に怠さを感じてはいないようで安心した。

「――珍しい。絨毯《じゅうたん》が敷き詰められていない」

　寝台が置かれている場所には赤くて丸い毛織物が敷かれているが、それ以外は木の板だった。それにまた驚いた。大抵の城は石造りだ。当然床も石素材が多くなる。だから部屋の多くは絨毯が敷かれているのだ。

「やはりここは城の中ではないのか」

　疑問に答えられるはずの男は、隣でまだ寝息を立てているが布団の上で手を動かしているところを見ると、抜け出したクランベールを探しているのだろう。その手を叩きたくなる気持ちを抑えて、クランベールは隣の男を起こさないよう静かに床に足を下ろした。

「……服が散らばっている」

　脱いだ時には全部寝台の上にあった気がするが、

知らない間に下に落とされていたようだ。自分の上着を拾い上げて確認しても、目立つところに情事の名残りは見つからなかった。どちらにしろ、裸のままでセッテ屋敷まで帰るわけにはいかないので、これを着て行くしかない。主計局室まで戻れば着替えがあるのだが、人の出入りの激しい部屋に何食わぬ顔をして入ることは無理である。

あちこちに散らばっている服を集めながら、ついでにダリアの服も拾い上げて掛け布団の上に放り投げる。

「無駄に装飾が付いていて重すぎる」

刺繍《ししゅう》の厚みは立体的で、肌着も上着も生地そのものが厚かった。まさか矢や剣を防ぐためとは思わないが、厚みを半分にするだけで経費がもっと減るのにと溜息が零れる。

最後の方は記憶も曖昧《あいまい》だが、長い間ダリアがずっと中に入っていた。達すること四回。さすがに最後の二回は時間が掛かったが、挿入する前に三回達していることを考えれば都合七回も精液を吐き出していることになる。性欲に目覚めたばかりの十代や二十代前半の若者ならいざ知らず、三十過ぎでこの回数は凄い。二十六歳のクランベールがついていけなかった。二度とこの男に抱かれたくないと思ったとしても、誰からも責められないだろう。

拾い集めた衣類を手に、下穿きを穿《は》こうとしたクランベールだが、内腿に乾いた精液の残滓《ざんし》を認め、それから陰毛や性器にも付着しているのを見つけ、やれやれと首を横に振る。

「気持ち悪い。体洗いたい。洗えないなら拭きたい」

自覚すると余計に気持ち悪く、クランベールはダリアの服の横に自分の服を置くと、全裸のまま部屋の端へ近づいた。四角い部屋を三つ順番にずらして上下に繋げたような鈎型《かぎ》の変則的な作りだった。扉は二つ、それから壁をくり抜いた出入り口が一つ。水場がないだろうかと、クランベールは寝台から一番近いその入り口を最初に覗いた。

そして、

「風呂がある！」

目を輝かせて駆け寄った。

あまり大きくはないが、白く滑らかな石作りの円形の浴槽《よくそう》が部屋の中央の一段高いところに据えられていた。しかも満々と水——湯が湛《たた》えられ、すぐにでも使うことが出来そうだ。浴槽の縁の一か所は樋《とい》と繋がっており、外から引き込まれた湯が途切れることなく流れ込んでいた。

「湯がもったいないと嘆けばいいのか、それとも使えることを喜べばいいのか……複雑だな」

あまり生活感のない建屋だ。垂れ流しは本当にもったいない。だが、今はその無駄のおかげで体を清めることが出来るのだ。

クランベールは誰か知らない湯の担当者へ心の中で礼を述べ、そっと足を入れた。

部屋の床は他の部屋と同じように板目だが、水が零れて腐ってしまわないよう、浴槽の周りだけは、表面に流水用の溝をつけた白黒模様の大理石で固められており、溢《あふ》れることを気にせず入浴出来る仕様なのが嬉しかった。

石鹸や洗布などはなかったが、湯で流せるだけでも十分だ。

「何か拭くものは……」

きょろきょろと見回すと、壁の一部に穴が開いている場所があり、収納壁だと気づく。少し手を掛けるだけで簡単に横に動いた扉の中は棚が段違いに幾つも設けられ、入浴用道具の一式が収められていた。

「着替えまであるのか」

肩から羽織る前合わせの浴衣を広げたクランベールは、自分の体格でも着られることを確認すると、必要なものを備え付けの籠《かご》に入れ、浴槽の側に置いた。激しく湯を跳ね上げない限り濡れることはないだろう。静かにのんびり入りたいだけなのだ。

手を入れると程よい湯加減。それに満足したクランベールは体に軽く湯を掛けた後、爪先から順番にゆっくりと湯の中に体を沈めていった。溢れる湯は溝を通って流されていく。

浴室とは実家やセッテ屋敷のものを含め、一部屋すべてがそれ用に作られている認識が強かったため、普通の部屋に浴槽があるのはとても新鮮だった。

しばらくは湯に浸かり、体の疲れと汚れを洗い流すように寛いでいたが、薄いカーテンの向こうにはどんな景色が広がっているのか気になった。

「手は……届くわけないか」

仕方がないので湯船から体を引き上げ、肌触りのよい大きな布で体を一旦拭い、そのまま窓辺に近づいた。そしてそっとカーテンを開ける。

「これは……色ガラスが嵌《は》まっていたのか」

開けて初めて気がついたが、壁の端の方には上から下まで色付きガラスが嵌められていた。しかも色を変えて組み合わせることで一枚絵のように仕上がっている。それが部屋の角を挟むようにして全部で四枚。壁の真ん中には大きな開き窓があり、ガラスの向こうには動物を植物で模《かたど》った緑一色の造形物が並んでいて、これには驚いて目も口も大きく開けてしまった。

「凝ってるな。一つ二つはうちの庭園でも見かけるが、ここまで同じ場所に揃っているのは初めて見た」

数えると、窓から見える範囲で二十三体の動物や鳥がいた。しかもただ模るだけではなく、餌《えさ》を食べるところ、翼を広げているところなど、なかなかに凝った作品だ。窓から見える範囲には他の建物は見えず、低い生垣に囲まれた広い庭園を歩き回れば、もっと見つけることが出来るかもしれない。

湯船に戻って再び浸かりながら、この後のことを考える。

（まずは屋敷だな。外泊程度で騒ぐ伯母ではないが無断外泊は居候として褒められたことではないからな）

もしかするとウラノスがクランベールのことでセッテ屋敷に行ったかもしれず、それが不安と言えば不安だった。だが、ウラノスはダリアが攫うところを目撃している。昨日話していたようにクランベールを主のように慕ってくれてはいるが、ダリアへ忠誠を誓っている臣下なのは悪習から目が覚めた今でも変わっておらず、内密に伯父に話をしていても大事《おおごと》にはしていない確率の方が高い。

（それよりも今も城内を探し回っている可能性の方が高いと思うのはどうしてだろうな……）

騎士たちと話をしていて思ったのだが、頭を使って言葉で説明するよりも、体に覚え込ませた方が圧倒的に早かった。新旧武具を実際に使って比べさせた結果、クランベールへの反抗心が忠誠心へところりとひっくり返ったように。騎士団で爵位も持っているウラノスは部下たちほど筋肉よりの思考は持っていないが、

（かなり焦った声が聞こえて来たから何も考えないで行動に移したかもしれない）

その行動が問題だ。城内を自分の足で駆け回っているならいい。騎士たちに支持されていることで自《うぬ》惚《ぼ》れているわけではないが、騎士団内でダリアへの

不信を持つものが多くなれば国庫が破綻するより前に一波乱起きても不思議はないのだ。

現に、財政改革を始めたクランベールへの誹謗中傷や怪文書の投げ込みは日々増えている。最初は他国の王子に出来ることなどないと踏ん反りかえっていた連中も、少しずつ自分たちの周りから嗜好品が消え、貴族手当が削減されることで危機感を覚え始めたのだろう。

そういう背景があるものだから、騎士たちの蜂起は決して妄想だと捨てきれないのだ。

「それよりもあの人はいいんだろうかね」

未だ寝室で寝ている男の顔を思い出し、ふうと首を上げた。さすがに髪まで洗うと乾くまで外に出られなくなってしまうため、浴槽の外に垂らしている。首のところにちょうど浴槽の縁が当たって気持ちがいい。

「ちょっと体のあちこちに痛みがあるな」

普段使わないところを使って、普段使わない関節を思い切り開いて、それに思い切り腰を動かして、怠さが残っている。

「明日くらいに反動が来そうだ」

乗馬練習の反動も一緒に来るだろうから、明日は休もうかなどとぼんやり考える。足を浴槽の縁に掛け、爪先をグンッと伸ばしてみる。浴槽の大きさはクランベールの体格で大きすぎず小さすぎずのちょうどよさなので、この建屋を利用する人、もしくは利用していた人は女性か小柄な男性もしくは子供ではないかと推測される。

人が住んでいる気配は感じられない。人が生活していれば知らないうちに生活臭が発生するものなのだ。汚れや埃、髪の毛や糸くずなど、何らかの痕跡が残っていてもおかしくはない。だが、床板の上を裸足で歩いても綺麗なもので、服を置く時に見た椅子も極端に座面がへこんだり、擦れている様子はなかった。掃除といい、定期的に手入れがされているのは明白で、ダリアの息が掛かっている場所というのは間違いない気がする。

（昔に囲っていた人のためのものかもしれないな）

そして相思相愛の二人の間に悲劇が訪れ別れてしまった……というのは、あの即物的なダリアを見ていると浪漫という言葉とは程遠く、想像も出来なかったのですぐにその案は消去する。

（まあいいか。正当な持ち主と鉢合わせになって修羅場になる、なんて喜劇みたいなことにならなかっただけましだろう）

体を清めるはずが思ったより長湯になったせいでクランベールの肌は薄紅色に染まっていた。二枚持って来ていたうちの一枚を髪が濡れないよう頭に巻きつけ、出来るだけ湯を外に零さないように注意して浴槽から出てもう一枚の布を纏う。

温かい足の裏に床は冷たく感じられたが、石の冷たさよりは随分ましだった。

（これいいな。城の私の部屋にも取り入れたいな）

木工職人に頼んでみよう。もしも木材の質が関係するならシャイセスから輸入の手配をしなくては。

尻の穴とその周辺にまだ違和感はあるが、歩けないことはない。

寝台のある部屋まで戻るとダリアはまだ眠っていた。

「眠り続けて人の気配に気が付かないくらい疲れるなら、あんなに何度もしなくてよかったのに」

昨日のダリアの様子は、童貞を卒業して体を重ねることを知った男が性欲の赴くまま盛っているのと同じだ。童貞どころか使い込んだ巨茎を持っている男のする行為ではない。

服を着込みながらクランベールの目はダリアの寝顔を見つめていた。

「本当に王か？　ここまで危機感のない王はあまり見ないぞ」

父であるエフセリア王を思い返してみても、部屋の前には衛兵が立ち、不寝番が見守る生活だ。息抜きはよくしているが、完全にその身を自由にしている姿を見たことはない。跡を継ぐ王太子も学舎を卒業した後は人数が減っているだけで似たような生活を送っている。

ダリアの側近は親衛隊と貴族だ。親衛隊は国王至上主義で目を離すとは思えないのだが、会う時には一人でいることの方が多い。親衛隊連れの時に出くわした時に凄い目で睨まれるのも日常行事の一つだ。親衛隊はダリアがここにいることを知っているのか。

「……知らないだろうな。知っていれば乗り込んで来たはずだ」

クランベールを攫ったことは、道中聞こえた国王の名を呼ぶ声から考えても、ウラノスの目撃証言だけでなく、城内の多くで目に留まっていて誤魔化しようがない。クランベールを毛虫のように嫌っている彼らなら、たとえダリアの意思だろうとクランベールを抱くことを苦く思うだろう。吝嗇が移ったらどうしてくれようくらいは考えていそうだ。

この場所に来たなら有無を言わさず二人を引き離しただろう。最初の口論の時に乱入してくれるならそれでも喜んだクランベールだが、挿入されている最中に見られたいものではない。あれだけ欲求不満を体現していたダリアにしても、挿入しているものを引き抜かれるのは嫌だろう。

（親衛隊を引き離すなら、もっと私とダリアが接する機会を増やした方がいいのだろうが……）

自分に価値があるかないかで言えば、価値があるとクランベールは断言する。自分の体と自由時間をダリアに費やせば、親衛隊だけでなく貴族たちとシャイセス国王の間に溝を作ることも可能だろう。実際、少しずつそれも感じられるようになって来た。

ダリアの生活態度と勤務態度を矯正することが出来れば、国民には明るい未来が生まれるだろう。それをクランベールは目指している。

「邪魔だな」

ダリアを見下ろし、小声で呟く。

シャイセス国という国の患部と膿を切り分け、適切な処置を行う。膿は出し切った方がいい。しかし、それにはクランベールだけでは起爆剤として不足している。民が傷つかず、国王が正常に戻り、身分だけの貴族を排除する。

難しい。だが、改革はしないよりした方がいい。

国民のための生活改善、国王のための意識改革。

まだまだやることは多そうだ。

「あなた次第だぞ、ダリア陛下」

寝ている男の髪を少しだけ撫で、クランベールは建屋を出た。

細い石畳の小路の先に、ダリアが乗って来た馬が佇んでいる。繋いでいたわけではないから、自由にその辺に生えている草を食べていたのだろう。湯が引かれていたくらいだから、水場もどこかにあると思われる。

クランベールは馬の鼻面を軽く撫でて、労《ねぎら》った。

「君の我儘な主人はまだ寝ているぞ」

クランベールの言葉がわかったわけではないだろ

うが、馬は前脚でカツカツと蹄を鳴らし、顔を上げてブルルルと鳴いた。まだ寝ている主人への抗議らしい。

「君に乗せて貰いたいところだが、生憎私には乗れそうにもない。ダリアが起きるまでまだしばらくここにいるといい」

　馬は顔を寄せてクランベールを乗せたそうにしているが、鞍に跨ることが一人ではまだ無理なので、苦笑しながら好意に対し謝罪する。

「歩いて帰るよ。その方が道もわかるだろうからね」

　それじゃあと歩き出したクランベールの横に馬が並んだ。どうやらこのまま案内してくれるらしいと気づいたクランベールは、手綱だけを手に礼を言った。

　シャイセスの貴族なら馬に礼を言うなど信じられない行為だろうが、乗馬は苦手でも動物は好きなクランベールに粗雑に扱う気は微塵《みじん》もない。

　パカパカと軽い蹄の音を立てて歩く馬。隣には、手綱を持った手を後ろに回し、時折馬の顔を見上げて撫でたり話し掛けたりしている銀紫色の髪の王子。

　石畳をしばらく進むと見慣れた建物――城の尖塔が見えて来た。さらに歩みを進めたクランベールは、回廊が交差するところで馬と別れた。

「ここまで送ってくれてありがとう」

　どういたしましてと馬が首を上下に振る。

「また馬場かどこかで会ったらよろしくな」

　了解！　の意味かヒヒンと軽く嘶《いなな》いた馬は、最後にクランベールの頭に鼻先を擦り付け、くるりと馬首を巡らせて駆け出した。

「私の歩きに合わせてくれたのか……。賢い馬だな」

　城の中にいる人間よりも動物の方が賢いのは、疑いようがない。

馬という案内がいなくなったクランベールは石畳から回廊へと移り、そこから城門を目指すことにした。途中途中で槍を手に立っている衛兵に妙な顔をされたが、気にしない。国王が疾走する馬に乗って抱えていた人物と同じ顔だと思われていたとしても気にしない。

あの時は外部の音も何もかもを早めに遮断していてどれだけの人に見られていたのかわからない。だが、何か言いたそうにしつつ、それでも声を掛けられない彼らの表情は、思っていたよりもクランベールに優しいもので、それに少し安心した。少なくとも、衛兵として立つ騎士や下級兵士たちは、クランベールを嫌ってはいないのではないかと思わせてくれるものだったので。

途中、慌ただしく走っている親衛隊を見掛けて姿を隠さなくてはならなくなったりもしたが、姿が見つからないように移動するという行動が冒険心を擽《くすぐ》って、少し——割と楽しんでいたのは、会うなり抱き着いて来たウラノスや、セッテ屋敷で青い顔で出迎えた伯父と従兄には絶対に内緒にしなくてはならないだろう。ほとぼりが冷めた頃に、「あの時実は……」と思い出話の一環として語るくらいでちょうどよさそうだ。

詳しい話は後からと宥めて一人になったクランベールは、改めて風呂に入って体と髪を洗いさっぱりとした後、宛がわれている部屋に戻って寝台に倒れ込んだ。

（さすがにもう今日は何もしたくない……）

主計局室の部下たちには、従兄からの指示をウラノスに預けて届けて貰えばいいだろう。

「——クランベール？　起きてるかしら？」

扉の外で伯母が声を掛けているのは聞こえたが、

気が緩んだと同時に一気に疲労と睡魔が襲って来たクランベールは、応えることが出来ないうちにいつの間にか廊下は静かになっていた。

　敷布の手触りはあの部屋のものと似ているようで違う。寝台にいるのは自分一人で、身動き出来ないように腕を回して来る男のちょっと柔らかい腹もくっついてはいない。

　明日から、いや明後日からまた元に戻るからと心の中で言い訳しながら、クランベールは穏やかな寝息を立てて意識を眠りに委ねるのだった。


　——深夜にシャイセス国王がクランベールに会わせろと押し掛け、伯母に追い返されたらしいが、クランベールはそれに気づくこともなく翌朝まで熟睡していた。

4.

「真夜中に訪問くださった陛下には丁重にお帰り願ったわ」

伯母の柔らかな笑みと口調でそれを聞かされたクランベールは、額に手を当て肩を落とした。

「何を考えているんだ、あの人は……」

「私もそう思いますよ。陛下が夜に城から出て来たのを見るのは私が嫁いで以来初めてなのですよ」

閨事で忙しくなさっているから、とコロコロ笑う伯母だが、あまり好意的でないのは目が笑っていないことからも明らかだ。これは伯母のシャイセス国王に対する非難だが、同じことを貴族以外の民も思っていそうだ。遊ぶ時以外は城から出ない国王――それが巷で噂されるダリアの評判だ。

「執事が呼びに来るから何事かと思えば陛下ですもの。眠気も覚めました」

「申し訳ありません伯母上」

「あなたが悪いわけではないでしょう、クランベール。陛下の行動の突飛さは有名ですもの。ねえあなた」

話を振られた伯父は、うんうんと何度も首を縦に振った。会話の主動は伯母に任せ、自分は口を挟む気はないようだ。何かを話して身内の贔屓と思われるよりは黙っていることを選んだ伯父は、シャイセス王族としては賢いのかもしれない。

「陛下の方もお待たせしている間に少しは頭も冷えて、大人しくお帰りになったから、あなたは気にしなくてもいいわ」

伯母の話によると、門前でクランベールに会わせろ中に入れろと叫んでいたダリアを、最初は門番も国王だと気づかず、無礼者として排除しようと動いたらしい。セッテ家が国王とは付き合いに距離を置いているのとダリアが取り巻きの貴族たちの前くらいにしか顔を出さないので、顔を知らなかったというのが大きい。肖像画や石像は城内だけでなく城下のあちこちの目につく場所にあるが、石像同様、豪華な点以外は似ていないため本人だとは誰も気づかなかったという有様だ。

それを聞いた時クランベールは、派手なだけで芸術性も何もない石像や絵画、肖像画の撤去を進めるよい理由になったと、ほくそ笑んだ。

「しかしあの陛下がよく大人しく引き下がりましたね」

絶対に引かず、クランベールを連れて来るまで動かないと駄々を捏ねる様子が脳裡《のうり》に浮かぶ。

「門の前で長くお待ちいただいたからでしょう。私もマルスも着替えにかなり時間を掛け……掛かってしまって。中にご案内して、それからあなたに会わせるよう何度も何度も……」

「伯母上、よく無事でしたね。陛下の機嫌を損ねたら何をされるかわからないかもしれなかったというのに」

伯母はにっこりと微笑んだ。三十過ぎの息子がいるとは思えない若々しい美しさである。エフセリア国王の顔は整っているという程度だが、その妻である三人はクランベールの実母を含めて誰もが趣の違う美女だ。伯母の美貌はそんな彼女たちと並んでも遜色ない。

「いろいろとだらしない陛下だけれど、配下のものに手をあげたという話は聞かないのよ」

「それでもですよ。伯母上の美しい顔に痣でも出来た日には、私が母たちから責められます」

これは割と本気の言葉だ。今でこそ国は遠く離れているが、伯母や母たちはとても仲が良く、文も交わしている。

「ありがとう。マルスにもそう言われたわ。でもねクランベール」

　伯母は顔を引き締め、手を伸ばしてクランベールの手を握った。

「あなたのことも大切なのよ。陛下はお怒りになっている様子ではなかったけれど、苛立ってはいたわ。だからあなたには敢えて伝えなかったの。私はエフセリアから第四王子を預かった身。守る義務があります」

「伯母上……」

「あなたが城で陛下や他の貴族と衝突しているという話は私たちも知っているし、申し訳ないと思ってもいるのよ。だから、たとえあなたと陛下の関係が悪くなったとしても、私たちはあなたの味方よ」


　真摯な台詞が胸を打つ。これまでにもダリアに注進したにも拘らず聞き入れて貰えなかった。伯母たちの味方となる貴族もいる。だが彼らのほとんどは取り巻きの貴族たちによって排斥され、発言力のない役職に収まっていた。逆に言えば、組織の中層や下部に彼らがいたからこそ、クランベールの仕事がやり易かったとも言えるのだが、表立ってクランベールの肩を持っている発言をするのは自分の立場を危うくする。

　現在も建前上は「主計局長代理からの命令です」で通させているのは、責任の所在がクランベールにあるとはっきりわかるようにしているからだ。その結果が嫌がらせなどの害なのだが、必要経費の一部としてちゃんと預かっている。後日、利子を付けてきっちり返して貰う予定だ。

「ご迷惑をおかけして本当に申し訳ありませんでし

た」

　クランベールは伯母夫婦に深く頭を下げた。

「陛下とは少々生き方や考え方の行き違いがあり、その件で私を問い質しに来たのでしょう。まさか夜中に訪問するなど迷惑極まりない馬鹿な……もとい、性急な行動を取るとは思ってもいませんでした」

「クランベール……」

「クランベール王子それは……」

　少し本音が先行してしまったようだ。言い直しても無駄だった模様。その言葉だけで、クランベールとダリアがどういう関係かを悟ってくれたら嬉しい。

「クランベール」

　そして伯母は困ったような悩むような素振りを見せた後、声を潜めて言った。

「クランベール、あなたと陛下が喧嘩《けんか》をしても私は止めません。ですが、不当な対応を求められたり、無体なことをされそうになった場合には公爵家として断固として抗議させていただきます」

　クランベールの視線が揺らぎ逸らされたが、瞳を伏せていた伯母は気づかなかったようだ。反対に伯父は「まさか!?」と目を見開いているが、昨日の件についてクランベールから話すつもりはない。

　攫われたのも、口の中に性器を突っ込まれたのもダリアに非があるが、その後の展開はクランベール主導の面が多々あったので、政治沙汰《ざた》や国家間の問題にはならないと思っている。逆に、誰かが「公開すれば問題になる醜聞」として脅しにでも来ようものなら、ダリアの首を摑んで「同意だった。問題はない」と言ってやるつもりだ。

　だからクランベールは偽りのない本気の笑顔で伯母に言う。

「大丈夫です、伯母上。シャイセス国王はかなり……少々世の中の常識に疎いところがあるようですから、昨晩のことも他人を思いやる気持ちが少しばかり足りなかったせいでしょう」

「よく観察しているのね、クランベール」

「ええ。少しご縁が続きましたから」

「ほどほどにね」

　伯母は仲良くしてはいけないという意味で言っているのではない。国王と会う機会があるというだけで嫉妬をする貴族がいるから注意しろと忠告しているのだ。国王抜きでも財政改革の件でクランベールは恨まれている。気を付けるに越したことはない。

　とは言っても、深夜のダリアの訪問が貴族たちに伝わっては配慮しても無駄だろう。セッテ家に手を出せない分、クランベールに堂々と悪意をぶつけそうだ。

「また陛下が来たら追い返します。あなたはゆっくりお休みなさい。ビリアンの代わりにずっと働き詰めで疲れがたまっているのよ」

「ありがとうございます」

　クランベールが起きたのは昼に近い時刻だった。予想通り体の節々に痛みが走り、歩き方がゆっくりになったせいで、かなり体調が悪いと心配されていたようだ。

　伯父は仕事のために書斎に向かい、伯母と二人で軽食を摘みながら談笑する。伯母に言われて気づいたが、確かにずっと休みらしい休みは取っていなかった。この時間に城にいないのは本当に珍しい。

「ビリアンは？」

「あなたの代わりに上に行くと言って出て行ったわよ。昼過ぎには戻ると言っていたからもうすぐ帰ってくると思うわ」

「大丈夫なんですか？」

病み上がりの従兄の体調も不安だが、それ以上にクランベールを敵視する貴族が大勢いる中でビリアン登城が伝われば、どうなるかわかったものではない。

（私に出せば即座に突き返される書類をビリアンに渡して即日決済くらいはさせそうだな）

そんなことにでもなれば、せっかく静養出来ていたのが逆戻りになり、また倒れてしまうかもしれない。伯母は護衛として雇っているセッテ家所有の騎士を付けたというが、身分を笠に着て無理矢理押し通すのがシャイセスの貴族だ。ビリアンはまだ国王の従兄で血縁があるが、騎士は違う。

そんな心配が顔に出ていたのか、

「安心なさい。セッテ家のものに危害を加えようとする頭の悪い貴族はまずいませんから」

胸を張り公爵家の妻として誇り高く告げた伯母だが、

「ですが伯母上、貴族が直接手出しをせずならずものを雇うということもあります。城内に手引きもするでしょうし、屋敷に戻る途中で襲われる危険性もありますよ」

城内の邸宅に住めばその危険は減らせるだろうが、

「貴族に囲まれた生活は教育によくありません」

という伯母の宣言により、ビリアンが生まれた後から城下に屋敷を構えている。城門からすぐ側の高級住宅街とはいえ、誰もが通ることが出来る道を馬車は進むのだ。

「ビリアンもですが、伯母上や伯父上たちも外出の際には十分に気を付けてください。護衛が必要なら、私が手配して貴族の息の掛かっていないものを手配します」

探索者組合の上層部とクランベールの仲は良好だ。

さらに、国を越えて組織全体に「エフセリア国第四王子クランベール＝エフセリータ」の名は伝わっている。クランベールがシャイセス国に赴くにあたり、道中の護衛を買い、今現在はシャイセス国内で活動をしている彼らに依頼すれば、すぐに馳せ参じるだろう。

伯母は少し思案した後、頷いた。

「あなたがそう言うのなら必要なのでしょう。お願いしていいかしら？」

「もちろん」

ただ城下を歩くにはまだ足腰に支障があるため、探索者組合を訪れるのは夕方か明日以降になる。どんな人物がいいのかを伯母と二人で話し合う。

そうこうしているうちに表玄関の方に馬車が止まる音がして、それからすぐに荒い足音が聞こえて来た。合わせて、「お待ちください！」「坊ちゃま！」「奥様に早く！」など召使たちが騒ぐ声も聞こえて来た。

ビリアンの名が聞こえたことで顔を見合わせ、急いで廊下に出ようとした二人だが、扉を開く前に外側から大きく開かれた。

そして、伯母とクランベールは二人並んで目を大きく見開いた。

「陛下！　ビリアン！」

「ダリア……陛下？」

叫んだのは伯母で、首を傾げたのはクランベールだった。

そんな二人を一瞥したダリアは大股で椅子に近づくと、肩に抱えていたビリアンを丁寧とは言い難い動作で下ろした。慌てて伯母が従兄の側に駆け寄り、顔を覗き込む。

（さすが母親だな。国王より息子を優先する）

そんな伯母に対し無礼だ非礼だというのなら、全力で護る意思を込めてクランベールはダリアの腕を後ろから引き、椅子を勧めた。さすがに椅子があるのに立たせたままなのは失礼だし、屋敷の中に通した伯母たちの体面もある。

振り返ったダリアはクランベールの顔が間近にあることに驚いたように目を瞠ったものの、一つ頷いて椅子に深く腰掛けた。

時折伯母が婦人会の会合にも使うこの部屋には最初から種類の違う椅子が幾つも並べられている。大柄な伯父が座れる椅子もあるため、似た体格のダリアも窮屈な思いをすることなく腰を落ち着けることが出来た。

「少しお待ちを」

開けっ放しの扉の向こうでこちらの様子を窺っていた執事に、飲み物の用意をして持って来るよう言う。

「用意だけしてくれればいい。外に置いておけば私が受け取って給仕する」

昨夜と続けて二度目の国王の襲来に落ち着きのなかった執事や召使たちは、同じ部屋の中にいなくていいという安心を得て、青かった顔色も紅色に戻っていた。

（その場にいないでいいのなら、私が真っ先に退出したいぞ）

だが二度も訪ねて来る理由を知る必要もあった。どうして従兄と一緒だったのかも知りたい。

「ああ、掛かり付けの医師も連れて来てくれ。ビリアンがまた倒れたと言って」

それらの手配をして再び室内に戻ったクランベールは扉を閉めながら、大きく深呼吸をした。どんな言葉がダリアの口から出るのか、まるで想像出来ない。最悪のことも考えておく必要があった。

　そして手を取って立ち上がらせた伯母を従兄の真横に座らせ、自分はダリアの真正面に座った。

「まずビリアンを連れて来てくれて礼を言う。ありがとう」

　頭を下げると銀紫色の髪がはらりと流れる。今はちょうど日差しが深く差し込んでおり、光を通した髪はキラキラと輝いて見え、自身でも「綺麗だな」と感じた。

　そんなことを考えながら顔を上げると、ダリアと目が合った。また文句でも言い出すのだろうかと思いながらダリアが口を開くのを待っていたが、そんな気配は一向にない。ただただクランベールを見つめ続けているだけだ。

（いっそ顔を隠せばどんな風になるのか見てみたい気分だな）

　人に見られることには慣れている。だからダリアに見られていても平気なのだが、

「……陛下」

「ダリア」

「はい？　あなたの名前なら言われなくても知っているぞ」

　何故にダリアが自分の名を口にしたのか、おかしなものだという感情を隠しもせずにクランベールは首を傾げた。断じて揶揄《からか》っているのでも煽《あお》っているのでもない。怒るようなことを言ったつもりは欠片もない。

　それなのに、

「違う。俺の名を呼べと言っているんだ！」

「ダリア陛下」

「……呼び捨てで構わん」

「……不敬に当たりますので遠慮いたします」

じっとりと睨むと、ダリアも不機嫌になる。

「今更不敬だなんだと気にするような性格ではないだろう。許す。名で呼べ」

長い足を見せつけるように組んだダリアが腕組みしながらクランベールへ言う……命じる。

クランベールは口角と頬を少しだけ上げ、美しく微笑んだ。多くのものを虜にして来たクランベールの美貌は、ダリアから言葉を奪い、呼吸までも奪うに十分だった。

そして放たれた言葉は、

「誰が呼ぶか」

という間違っても国王相手に発するものではなかった。

見惚れていたダリアの顔が驚愕から真っ赤に染まる。

「お前ッ！」

「それが用事なら帰れ。ビリアンのことは感謝するが、それ以外では慰謝料を貰いたいくらいだ。それに私が名を呼ぶのは親しい間柄のものだけだ」

内心ではいつでも呼び捨てだがなと呟き、ダリアと同じく足を組み、腕を組んで見つめる。ここに今、短鞭がないのが残念だ。

「私はあなたを名で呼び合うほど親しい関係だと思ったことはない」

だからさっさと帰れと顎で扉を示す。この時クランベールは言葉でなく行動で退出させるべきだった。それをしなかったがために生じた結果は、

「俺とお前は他人ではないぞ！」

と、自らの欲望と本能で動くダリアに発言する自由を与えたことだった。

「……ッ！　待て！　待てダリア！　それ以上言うな！」

慌ててダリアの口を塞ごうと立ち上がり手を伸ばすが、その手は目的を果たすことなくダリアに捕らえられ、そのまま胸の中に倒れ込んでしまう。

「体を重ねた仲なのに連れないことを言うな。あんなに激しく俺を求めたお前が、親しい間柄でないわけがないだろう。親しい以上の関係だ」

「……クランベール？」

詰問するような伯母の視線が心に痛い。従兄もいつの間にか開けていた目を丸くしている。そして、飲み物の用意が出来たと告げに来た執事、それから伯父と医者。

彼らの視線はクランベールに……クランベールとダリアの二人に注がれていた。

「……お前、絶対に許さないからな」

二十六年の生涯で数回しか味わったことのない羞恥を覚え、ダリアの胸倉を摑んで額を埋めた。このクランベールの行動は、甘えているようにしか見えなかった。それを常には冷静で聡い本人だけが気づいていない。

ダリアの腕が体に回り、頭に口づけが下りて来たのを感じ、

（気を失えたらどんなに楽か……）

この後にする事情説明のことを考え、ひたすら顔を隠すのだった。


あの後、全員の前でダリアはクランベールと関係を持ったことを伝えた。そこまで大きな声を出さなくてよいだろうと苦情を言いたくなるほどの声量は、遠くにいた使用人にも聞こえただろう。胸を反らして威厳たっぷりに、そしてなぜか嬉しそうに宣言す

を止める手段はクランベールには残されていなかった。歌劇でよくあるように余計なことを喋るダリアの口を己の唇で塞ぐほど絶望してはいないが、殴ってでも気絶させた方がよかったかもしれないと思うくらいには腹を立てていた。

どこか得意げなダリアが何を考えこんな行動に出たのかわからないが、

「ダリア！　お前はエフセリアの王子になんてことをしてくれたんだ⁉」

この件を重大だと感じた伯父がクランベールの代わりにダリアに怒鳴った。愛故か、伯母を立てて自分は控えている印象が強いだけに、驚きを隠せない。それ以上に、

（伯父上、出来ればもう少し離れて叫んで欲しかった）

ダリアの前に立ち手を大きく振って詰問した伯父は、しまいには頭を抱えて伯母の隣に座り込んでしまった。伯母は伯父を慰めながらも目ではダリア――と抱えられているクランベールを見ている。

「マルス叔父が何を怒っているのか知らないが、俺とこいつは既に深い関係だ。しかも同意も得ている」

「……クランベール王子、本当なのか？　その、ダリアと、つまりそんな関係を持ったというのは」

どこか気恥ずかしそうに問う伯父を見ていると、ダリアと最も近い血が流れているとは思えないほど常識的な反応をする。

「関係を持ったのは事実です」

クランベールは素直に認めた。ダリアの態度や様子を見れば、隠すことで生じる支障の方が絶対大きいと考えたからだ。それよりは、身内の中だけでも公にして、出来るならダリアとの間の緩衝剤になってくれるとありがたい。これまで甥と叔父でありな

がら、城の内外であまり会うこともなかった叔父に求めるのは荷が重いかとも思うが。

「言っただろう。合意の上だったたと」

「無理矢理同意させたのではないのだろうな」

「無理矢理？　そんなことはないぞ。それに……ッ」

ダリアが小さく悲鳴を上げ、顔を顰めた。脇腹を抓《つね》り、顔を顰《しか》めさせた本人は素知らぬ顔でダリアへ言う。

「どうかしたのか？」

「お前……」

何か問いたげなダリアだったが、

「叩き出されたくなければ余計なことを喋るな」

凄みながら耳元で囁いて顔を寄せたクランベールの微笑に、

「……ああ、わかった」

と頷いた。


それはよいのだが、太腿の辺りにさっきから当たっていた硬く生温かいものが、ぴくんと動いて硬さを増したことで、クランベールの頭の中はダリアへ仕置きをする方向へ一気に傾いて行った。

（私が座っていなければどうするつもりだったんだ、この下半身馬鹿は！）

罵詈雑言の嵐である。クランベールが膝に乗っているからそうなったとも言えるが、話が同意云々になった時には勃起の兆候を見せていたので、巨茎が育ってさらに見苦しくなったのを伯母たちが見ないで済んだのは重畳だった。

（本当に性欲が強い男だな。自分で抑えることをしないだけ、若者よりも質《たち》が悪い）

一般的な男性なら、人目がある場所で勃起することは恥ずかしくて必死に隠そうとするだろうが、どうもダリアはその羞恥心が薄い。それどころか巨茎を自慢するようなところがある。

（つまり、原始的な男なんだよな）

力がすべて。大きくて強ければそれが何よりも優先され、優位に立つ。そのことを批判する気はクランベールにはない。民を導く王として「強く」あるのは当然のことだからだ。だからこそ、「強さ」を勘違いしているダリアに腹が立つ。腕力などの強さよりも、精神的強さ、堕落せず自らを高めようとする意志の強さ、国と民に対する責任感の強さを持っていて欲しい。

（特に精神力の強さは一番大事だな）

誘惑に負けるのも意思が弱いから。楽な方へ楽な方へと流され、快楽や愉悦を取った結果が今のシャイセス国の現状だとすれば、すぐにでも「貴族断ち」をさせたいくらいだ。親衛隊や取り巻きの声が届かない場所に行くか、または彼らとの間に入る壁役を作るかだろうが、どちらも簡単なように見えてそうではない。どうやって遠ざけるか、どうやって側にいることを納得させるか。遠ざけるだけなら、どうせ城にいても仕事をしないのだから貴族や親衛隊は僻地にでも赴任させればいい。しかし、側に誰を置くかとなると、人選に苦慮しそうだ。

（一番いいのは伯父上が側につくことだが、成長過程で失敗しているからな。伯母上から矯正されてよくなったとは言っても、身内は止めた方がいいだろうな）

甘えという名の無茶を平気で言いそうなダリアをあしらえる人物は、後は伯母しか思いつかない。いざとなれば自国から兄弟を呼び寄せるかとも思ったが、ダリアに対抗出来そうな押しの強いものはいない。丸くなる前の思春期全開反抗全開の第五王子なら対抗出来たかもしれないとは思うが、今は無理だろう。昔のことを恥ずかしがるくらいには落ち着いた分別を持つようになったので。

クランベールとしては今後のダリアへの対応の仕方を考えていただけなのだが、大人しく抱かれたままになっているクランベールを見ている伯母たちは別の見方をしていた。つまり、

「陛下が仰ったことは本当だったのね」

「クランベール王子、身内の私が言うことではないが本当にダリアでいいのか？」

困惑した顔で告げられた言葉の意味するところと言えば――。

「俺が言った通りだろう。クランベールは見る目があるということだ」

クランベールを褒めているようでいて、実は自分が優れているのだとダリアは胸を張る。

しかし、いい加減この状態をどうにかしたい。


「陛下」

話し掛けると強面寄りの美丈夫が柔らかな笑みを浮かべてクランベールを見つめた。

「ダリアと呼べ。俺たちはもう他人ではないのだからな」

そこで頬を染めないでくれと嘆息も出る。

「呼ばない。それに私とあなたは他人だ」

「つれないことを言うな。閨ではあれだけ俺の名を呼んだではないか」

再び腰に手を回し、膝に座らせようとするのを、ぺちっと甲を叩いて阻止しながら伯父に向き合った。

「……伯父上、私、ちょっとこの国王陛下と込み入った話があるので場を移動したいのですがよろしいでしょうか？」

「許可を出してもよいのだが……」

伯父の心配は少しはわかっている。二人きりにし

てクランベールがダリアに手を上げるのではないかという心配、それと今のダリアの様子から二人きりにしてダリアが暴走して無体な真似を働くのではないかという不安だろう。

その気持ちはよくわかる。だが、この場にいてダリアが何か言うたびに、腹の中に沸々と湧《わ》き上がって来ることがあり、このままだとセッテ家の人々の目の前で不敬を働きそうなのだ。見てしまったことはないものには出来ず、目の前でそれを止められなかった伯母たちが咎《とが》められるのは避けたい。二人だけならクランベールだけが罪に問われるだろうが、エフセリアの王子という立場上、シャイセスに籍を置く伯母たちよりはましな扱いをされると思っての発言だった。

「ご安心ください。少し込み入った話をしたいだけですし。すぐに終わりますよ」

如何にも無手無害を主張するかのように微笑んだクランベールだが、

「おいクランベール。勝手に話を決めるな。それにお前にも話はあるが、マルス叔父上にもしておきたい話がある。それが先だ。それが終われればいくらでも二人きりで話してやる。すぐ済む。だから少し我慢しろ」

尻を撫でながらのその物言いに、クランベールは一瞬表情を削ぎ落として真顔になった後、整った眉を寄せた。

(話してやる……？　我慢しろ……？　別に好んでお前と話をしたいわけではないぞ？)

どうしたらそんな捉え方が出来るのか。

沸点が低い方ではないクランベールだが、

(どうしてこの男は人の癇に障るようなことばかりを口にするのか。本ッ当に)

馬鹿だと再認識する。頭が悪いわけではないのだろう。もしそれならもっと若い時期に、貴族たちに取り込まれ傀儡《かいらい》となっていたはずだ。だが、ダリアはどこにいても王だ。誰にも傅《かしず》かない。それに、王にしか出来ない政務は行っている、とはウラノスから聞いている。

ただその頭脳や能力の使い方が悪いのだ。それでも、いろいろと気づかないことが多過ぎる点で馬鹿な男という認識は変わりない。かつてのシャイセス帝国の威光がなければ、小国を併合して成長を遂げたこの国はとっくに内乱により瓦解してしまっていただろう。

それに、辺境から帰って来た傭兵が言っていた。雰囲気があまりよろしくない方向に活気づいていると。内乱もしくは、争乱の兆候は既に生まれている。

遊興に耽る貴族中心の生活が続けば、近いうちに何らかの行動が国民の中で起こっても不思議はない。クランベールや主計局の皆が必死になり、協力者も多くなったとはいえ、まだまだ財政計画も途中だ。国王側が対策を取っていると民に示す必要があり、その必要性は以前から訴えてはいたのだがあまり進展しているとは言えない。

要はやはり王なのだ。王が民の側にいることを知らしめる必要があるところにまで追い詰められていることに、肝心の国王が気づいていないのが問題で、それをどうにかするには先述の取り巻きから切り離し、クランベール側から見て信頼のおける人物を補佐に据える。宰相は貴族の中では良識派だが、熱心な国王信奉者の副宰相に押し切られる弱さがある。最近顔を見ていないので、従兄と同じく心労が祟《たた》って臥《ふ》せっているのかもしれない。どちらにしても、宰相副宰相の交替も視野に入れている。

（財政状況の回復だけのはずがどうしてこうなった）

元凶はすぐ側にいる。家庭を預かる妻が必死に倹約に努めても、夫が稼ぐそばから酒や賭《か》け事に使って散財するという一般家庭の不幸な図式がそのまま当てはまるのが情けない。クランベールの中でダリアは「駄目な夫」の役を宛がわれていた。同様の劇などがあれば是非主演として推薦したいくらいだ。

――とクランベールが思った一瞬の間に、ダリアは椅子にふんぞり返り、口元を上げ、伯父に言った。いや命じた。

「クランベールを俺の妃とし、城で預かることにした」

沈黙がセッテ屋敷を支配した。誰もが口を開けないでいる中、伯母の視線がクランベールを射る。そこでダリアに向けられなかったのは、何を言っても無駄だと悟りきっているからだ。クランベールと話をした方がまともな会話になり、情報が引き出せると思ってのことだろう。その思惑は痛いほど伝わるのだが、

（まともな会話が成立した覚えはないのだが……）

眉を寄せて首を傾げる。長い髪がさらりと動き、その端をダリアが指に絡めて遊んでいるが今すべきはそれへの注意ではなく、妃の件だ。

「おい」

しかし、話し掛けられたのが嬉しいのか、睨まれているにも拘らずダリアの機嫌はよい。あんなに文句ばかり言って喧嘩腰だったのが、一度体を重ねただけでこの変わりよう。余計な心配だが、質の悪い男女に捕まりそうで危なっかしい。

（だが愛妃たちもそうやって取り入ったんだったな）

ダリアは性欲発散を、愛妃たちは贅沢な暮らしを求めて。

自分の父親と母親三人のように良好な関係を築いているのならともかく、多くの側妃たちがいるにも拘らず寵愛問題が起こる件数が非常に少ないのがシャイセス後宮の姿だ。ダリアが有能なのではなく、無駄遣いをなし崩し的に受け入れはしていたものの、出来るだけ均等な配分を心掛けていた後宮管理者の手腕はそこそこ買っているクランベールだ。

（後宮問題は後だ……いや、この場合関係があるのか？）

何にしても妃は問題だ。一般人なら国王権限でどうとでもなるが、クランベールはシャイセス国民ではない。しかも王子を妃にするなど簡単に口にしてよい話ではないのだ。

クランベールよりも伯母の雰囲気が剣呑になる。それもまたハラハラさせられる要因で、それ以上にダリアが次に何を言い出すのかは鉄壁を誇るとまで言われたクランベールの心臓の鼓動をも速くさせる。シャイセスに来て以来、いやダリアと関わるようになって以来、その傾向が強くなる。

今もそうだ。

「黙っていろ。もう喋るな。二人だけで話そう。この件に関しては互いの認識に相当のずれがある」

本気で引っ張って部屋を出ようと考えるクランベールだが、あの大きな体を引き摺ることが不可能に近いのはすっかり忘れている。

（抱いて部屋まで連れて行ってくれと言えば行けるか）

話の断片からしか推察出来ないが、ダリアはクランベールに執着している。外国産の珍しい玩具を見つけて遊びたいだけだ。だから適度にあしらっていればすぐに元の距離に戻るはずというのがクランベールの考えだった。

「妃はたくさんいるだろう。私にまで手を伸ばす必要はない。男だから珍しいのかもしれないが、ただそれだけだ」

三十三歳のダリアに言い聞かせる二十六歳のクランベール。あと二十歳ずつ若ければ可愛い図になっただろうが、クランベールはともかく片方は態度も体も大きな男。可愛さの欠片もない。

そんなクランベールの顔をふっと見つめたダリアは、

「お前、風呂を使っただろう?」

唐突にそんなことを言い出した。

「風呂? あの屋敷の風呂のことか? それなら使った」

何のための風呂なのか、いつ使ったのかはこの会話から伯母たちにも筒抜けのわけだが、伯母たちには本当のことを話すと決めているため、堂々と肯定した。伯母も伯父も、双方の甥たちの情事の様子など知りたくはないだろうが、そこを伏せていては話が進まないのも理解しているだろう。

(気持ちはわかりますが我慢してください)

恥ずかしいのはこちらなのにと、当事者の片方を睨むがダリアは肩を竦めただけだ。

「ここで風呂の話を持ち出すとは、まさか風呂の使用料を払えと言っているのか? そして、私が払えないと思って代わりに連れて行くと? どこの悪徳高利貸しだ」

悪徳高利貸し、それは倹約を良しとするクランベールの天敵だ。彼らが返済の代わりに取り立てる主な質が人間で、不当に家族が連れて行かれたと泣く民のために何度高利貸し協会に乗り込んだことか。クランベールがエフセリアを離れている間に、せっかく数を減らした悪徳高利貸しが再びを国内で勢力を拡大してしまうかもしれない。その時は、損害はシャイセスに長く留まることになった原因を作ったダリアに請求しよう。クランベールは誓った。

「金を払えというのなら払うぞ。父に頼まずとも、自分で贖《あがな》うことが出来るだけの資産はある」

家族間だけでなく、エフセリア国内で「クランベール王子はその気になれば国を買うことが出来る」とよく言われる。決して誇張されたものでないのは、たまにクランベールへ国を買ってくれと頼む外交官がいることからもそれなりに有名なのだろうと思っている。シャイセス国も組織の下の方——特に主計局直下の部署の中にはクランベールのことを知っているものもいた。ただ覚え方が「倹約王子」であり名前は知られていなかったのは少し残念に思ったものだ。

「さあ、いくらだ」

「風呂を使うのに金など貰う必要はない。あれはいつでも入れるものだぞ。ほんの一刻やそこら使ったくらいで金を出させるほど俺は心が狭い男ではない」

呆れられているように思われるのは非常に心外だ。

「まず金から離れろ。お前の頭の中にはそれしかないのか」

「ない。どこかの誰かが浪費癖を改めない限り、離れることはない。むしろ金のことを考えると幸せだ」

胸を張って主張すると、ダリアが少し体を引いた。浪費する男なのに金の話が嫌いというのなら、ダリアが寄って来た時に話題にすればいいと心の表面、忘れない場所に書き留めた。

「……おい、こいつは普段からこんな風なのか？」

親指でクランベールを指さしながらダリアは伯父に質問した。

「まあ大体そうかな。屋敷にいる時もビリアンと金や宝石の話をしている。エレノアの方がよく知っているだろう？」

「ええ。よく存じ上げておりますよ。クランベールは子供の頃から光るものが好きでしたわ。壺に金貨が貯まるのが楽しくて仕方がない子で、その延長で骨董品や宝飾品の目利きもするようになったのよね？」

伯母に尋ねられ頷く。

「なんだ。それでは俺と同じではないか。俺も宝石は好きで集めている。欲しいのならお前にもやろう。いや、国一番の宝石商を呼んでお前にあったものを作らせる方がいいだろう」

身を乗り出してその気になるダリアだがクランベールの口からは溜息しか出ない。

「あなたと一緒にするな。欲しいものは自分で手に入れる。それにあなたに宝石を買うだけの小遣いが残っているかが問題だ、それを忘れているわけではないだろうな。ああ、それからあなたが言っていた国一番の宝石商だが、価格を品質以上に上げていたのが発覚したから随分前から城に出入り禁止になっている。もしも買うのなら自分で店まで行け。ただし、国王とその一派の掛買いは拒否するよう命じているからそのつもりで、自分で財布を持って行けよ」

仕事上の面会は拒否されることが多かったので報告書だけは上げていたが、おそらく目を通していないだろうと思い、いつか伝えようとしつつ毎回言い忘れていた内容を一気に告げた。

「伯父上も伯母上も聞いていましたよね。事後承諾で申し訳ありませんが。私が口頭できちんと説明したという証人になっていただきました。聞いていないという国王の発言があれば以後否定してください。まさかその歳であっという間に忘れてしまうほど記憶力が乏しいわけではないだろう？　ダリア陛下」

「……それくらい覚えていられる！　それに陛下は要らん」

「普通は不要なのは名前の方だぞ。まあ私みたいに兄弟が多ければ名前か順番を付けなくてはわかりにくいが、家族以外からは大抵そんな呼び方をされる」

「だから、俺とお前は」

「他人だ」

「妃は他人じゃない」

「だからどうして妃なんだ？　さっきから私はそれを訊いている」

「それを話そうと思っていたらお前が黙っていろだの二人で話すだの言い出したんだろうが！」

「私のせいにするな。そもそもあなたがそんなことを言い出したのがおかしい。私が妃？　借金の形以外の理由は思いつかない」

「金から離れろ！」

「あなたは一度反省するということを学んだ方がいいぞ」

「お前は……」

甘い雰囲気を出していたはずのダリアはいつもの口論相手に戻っていた。この方が楽だと思いながらクランベールも口を開きかけたところで、

「——あなたたち、いい加減になさい」

伯母の静かな声が部屋の中に響き、勢いよく開きかけた二人の口は瞬時に閉ざされた。

「エ、エレノア……？」

伯父が腰を引きつつも伯母の肩に手を回すが、静かな怒りを湛えた伯母は、夫の手など乗っていないかのように無視してクランベールとダリアへ話し掛けた。

「陛下が説明不足なのは私もわかりました。ですが

クランベール、あなたももう少し譲歩してあげなさい。一般の男性とも一般の王とも違うのはあなたもわかっているのでしょう？　子供相手に大人が対等な喧嘩を仕掛けるのはよくありませんよ」

静かだが迫力ある伯母の台詞――とその内容にクランベールはダリアと顔を見合わせ、そっと互いの顔を逸らした。

「――落ち着いたわね。よろしい。二人共話をするなら冷静になさい。陛下は短気を抑えて、クランベールは陛下の話を聞き終わってから言いたいことを言いなさい。歩み寄りは大事でしょう？　たとえそれがどちらかが大幅に寄らなくてはいけないとしても」

この件に関してはクランベールに譲歩しろと伯母は言っているのだ。確かにダリアにそれを求めるのは無理だろう。

「……わかりました、伯母上」

「…………わかった」

伯母の仲裁により、改めてダリアが求めたのはクランベールを自分の妃として迎え入れるというものだった。

「だからそこからすれ違っている。私を妃に求める理由がなければ誰も納得はしないだろう？」

クランベール自身結婚というものに現実から乖離した理想を求めてはいないが、いきなり妃にすると言われて納得出来るものではない。長く空白のままのシャイセス王妃の座を射止めたくてたまらない女は、打算が理由だとしても数多くいるだろう。彼女たちを差し置いてクランベールを据えるというのなら、誰もが納得する理由が必要だ。

それを提示しないまま「はいそうですか」と従うほど尻軽でも自分に価値を見出していないわけでもない。

意外と言われるかもしれないが、遊びで付き合うのならともかく恋愛や結婚に関しては、割と古風な考えを持っているクランベールなのだ。

だが、ダリアはきょとんとしている。

「理由ならあるだろう」

「は？」

「お前を抱いた。それは歴とした理由だと思うが違うか？」

ダリア以外の四人全員が押し黙った。

伯母の目がクランベールに問う。

（あなた、まさか経験なかったの？）

従兄の目が困惑に揺れた。

（お前、処女だと騙すのはいくら陛下でも気の毒だぞ）

伯父はクランベールとダリアを交互に見ながら更に困惑した目で問う。

（ダリア、あれだけ抱いて来て初心者かどうかの見わけもつかないのか？　王子、あなたがダリアを誘導したのか？）

程度の差があれど、セッテ家の三人はクランベールの側に原因があると感じたようだ。

「待て。寝たのが事実であっても、それだけで妃というのは短絡過ぎる。それを理由にするならこれまでに何人も妃に迎えられているはずだ」

「……クランベール王子、申し訳ないがその通りなのだ。手を付けたものはすべて後宮に収められている。その後出て行ったものもいるが、ダリアが手を付けたものは後宮に入るという暗黙の了解が出来て

「どう思った？」

まるで妃と関係のない話題に首を傾げながら、クランベールは感じたことを正直に告げた。

「あの城の中で初めてまともな建物と部屋を見たと感じた。仕事をする建物ですら、どこか妙な造りが多いからな」

「他には？」

「他は……木の床が新鮮だった。靴を脱いで歩いても石よりも冷たさを感じない。絨毯の面積が小さかったのも新鮮だった。だが私が気に入ったのは風呂だ。あの風呂は私のために誂えてあると思うくらい、心地よかった」

そういえば、さっきも風呂がどうのと言っていた気がするが、何故なのか理由はまったく見当もつかない。

「そうか。気に入ったか？」

いるのは否めない」

「伯母上、本当なのですか？」

「本当よ。でもお断りすることは出来たと思いますよ」

その言葉にほっとした。問答無用で城に連れ去るのが常習化していては、安心して家の外に出て行くことも出来なくなってしまう。

「夫人の言う通りだ。強制ではない。だがほとんどが妃になって後宮に入ることを承諾したぞ」

「生憎私は興味がない」

「だろうな」

平然と言うダリアはそれだけが理由で妃に迎え入れたいと思ったわけではないようだ。

「ところでクランベール、お前が昨日の朝目覚めた部屋を覚えているか？」

「覚えている」

「それは否定しない」

「ダリア、今話題にしているのはもしかして、あの部屋のことなのか？」

その通りと伯父の問いかけに頷くダリアが、とても満足そうな表情に見えた。怒鳴っている顔を見ている方が圧倒的に多かったため、かなり新鮮だ。クランベールが知っている中で記憶に強く残っている顔は、怒っている顔、それからもう一つ、切なげに眉根を寄せた顔。

そんなことを思い出しながらも、

「あの部屋とは？」

二人だけがわかっている様子に、クランベールが首を傾げると、伯父はダリアを見た。

「お前にはあの部屋で暮らして貰う」

暮らして貰うという言葉から後宮の一室だったのかと眉を寄せたクランベールだが、そうではなかったと思い直す。後宮ならもっと閉鎖的だ。あんなに簡単に出入り出来る場所ではない。それにあんなに静かな場所が後宮なわけがない。愛妃と側妃以外にも使用人が多く働く場所なのだ。絶対に違う。それでいてダリアが簡単に使うことが出来て、手入れが定期的に行われている部屋とは……。

クランベールの視線を受け、勿体ぶることもなくダリアはあっさりと、クランベールに宛がう予定の部屋の名を告げた。

「天華の間だ。別名王妃の間とも言う。クランベール、お前には今日からそこで暮らして貰う」

それがどんな意味を持つのか。

一瞬の後に悟ったクランベールは灰紫の目を大きく瞠った。それは伯母たちも同様で、言葉が継げないでいる。それくらい衝撃的な発言だった。

「有難く思え。俺が直接迎えに来たのはお前だけだ。

この後すぐに移って貰うぞ」

まさにシャイセス国王らしい傲慢な発言だった。


ダリアの宣言通り、夜になる前にはクランベールは天華の間の主となっていた。

流されたわけではない。それに、たとえダリアが見張っていようと逃げようと思えば傭兵たちを使ってすぐにでも国外に逃げることは出来たのだが、それはせず自分の足で歩いて来た。いや、馬車に乗せられてだから厳密に言えば歩いたわけではないのだが、部屋には自分の足で歩いて入った。

「ここはこんな風になるんだな」

夜にこの部屋にいるのは二回目だが、一回目の記憶はクランベールの中にはない。暗くなっても明かりを入れず、ただ交わっていただけの情欲の時間だった。

室内のあちこちにランプが置かれ、煌々と明かりが灯された部屋の中は意外と落ち着きを覚えるものだった。床が木で、周りにも木が多く使われているせいか、冷たさよりも温かさを感じた。

連れ込まれた時には意識しなかったが、確かに思い立ってすぐに連れて来ても、そのまま生活出来そうなほど清潔で温かい。

テーブルの上には水差しとコップ、それから果物が幾つか入った籠が置かれているのは昨日までと異なる点で、柔らかな敷物の数も増え、寝室の布団の上には寝間着が二着、清潔な状態で畳まれて置かれていた。

「……二着？」

じろじろとダリアを見ると、当然だと頷く。

「夜はお前と共にするんだ。当たり前だろう？　それとも俺に服を着せず裸でいて欲しいのか？」

ん？　と耳に唇を寄せて来るのを両手で押し離した。

「誰が裸を見たいものか。あなたは自意識過剰だぞ。裸のあなたを歓迎して欲しければ、もっと鍛えて腹を引っ込ませろ。今のままの贅沢な食生活を続けているとますます腹が出て来るぞ。腹筋を鍛えろ。だぶついた体では、いくら王でも魅力は半減だ」

クランベールの視線を受けたダリアは、服に隠された自分の腹を見下ろし、眉を寄せた。

「出てはいないぞ」

「それを自覚出来ないから駄目なんだ。運動をして鍛えろ」

「運動はする。お前と一緒にな。汗を流す激しい運動はそれが一番だろう？」

伸びて来た手をぱちりと叩き落とす。

「……ああ、そうだろうな。今まであれが運動になるとは考えもしていなかった男には確かに運動だろうな」

激しく腰を動かすことはしても、全身を使って激しく「抱き合う」ということを知らなかった男には、確かに最も有効な運動ではあるだろう。それだけでもかなりの効果は望めるはずだ。だが、いくらなんでも夜の運動だけを奨励する気はクランベールにはない。

じろりと睨むと、ダリアの腹を指さした。

「騎士団に混じれとは言わないが、毎晩の酒と宴会を続けていると、後悔しかないぞ。馬車を控えて自分の足で動け。人に命じるより動け。書類仕事でペンを持って手を動かせ」

ダリアにさせたい運動がポロポロと口から出て来

る。だが、ダリアが反応したのは最初の単語だけだった。

「騎士だと？　お前は騎士の裸を見たのか？」

ぐっと声を低くしたダリアはクランベールの腕を摑んだ。

「どうなんだ？」

「腕を摑むな。騎士に限らず上半身くらいなら裸を見る機会はいくらでもあるぞ。暑かったり汚れたりすれば、水浴びだってするんだ。居合わせれば見ていても不思議はない」

ぱっと腕を振り払ったクランベールは、寝室から出て風呂場へ向かった。どんどん流れて来る湯で満たされた浴槽には、この間にはなかったものが浮かんでいた。

「……花びら？」

指で掬うと皮膚の上ですっと溶けたそれは本物の花ではなかった。

「あなたが指示を出したのか？」

「いや、俺ではない。花じゃないのか？」

同じようにダリアも湯に指を入れ、花びらに触れた。

「これは湯殿でよく使われる入浴剤の一種だ。香りつけ用のもの、肉体に効能のあるものなど種類は多いが、これは石鹸だな」

クランベールは袖を捲って湯の中に手首まで浸すとぐるぐるかき混ぜるように回した。渦に巻き込まれるように花が溶け、乳白色に変わったところで少し乱暴にかき混ぜるとそこから泡が生まれた。

「これを続けて全部を泡にしてもいいし、洗布につけて体を洗ってもいい。今は混ぜたが、浴槽に湯を半分入れた状態で浮かべて、そこから湯を流し込むともっと簡単に泡風呂になる。まあ、私はこの方が好きだけどな」

嗜好品の一つだが、安価なものから高価なものまで幅広い種類があるため、風呂に浸かる習慣がある国では珍しいものではない。

「見たことはなかったのか？」

「ないな」

「風呂に入る時に妃たちは使わなかったのか？」

それは単なる疑問だった。自分を求めていると告げる男に尋ねるにはあまり適切ではなく、嫉妬や自慢と捉えられかねない問いだが、クランベールに他意はない。

そしてダリアも気分を害した様子も見せず、あっさりと答える。

「風呂は俺に抱かれる前に入っておくもので、共に入るものではないだろう？　一緒に入ったことはないが、他の国では共に入るものなのか？」

素朴な疑問返しに虚を衝《つ》かれたのはクランベールの方だった。額を押さえ、緩く首を振る。

「……悪かった。あなたに尋ねた私が馬鹿だった」

服を脱がずに性行為を行うのが普通で、全裸で交わることがあまりなく、愛撫すらしない男が、誰かと風呂に入り、そこで戯れるなどしたことがあろうはずがない。ダリアに指摘されて気づいたのだが、確かにシャイセスで見た風呂は決して広くはなかった。伯母の屋敷にあるものはシャイセスの他のものと比べて広くはあったが、実家にある部屋の半分以上を使う埋め込み式の風呂場には及ばない。入浴にそこまでの時間を割いていないのが明らかだ。

貴族の趣味は贅沢と散財。その贅沢品の対象の中に風呂場が入っていないのが文化の違いなのだとすれば、贅沢の方向が間違っていると声を大にして言いたい。

シャイセスの貴族たちは人に見せびらかすための贅沢をする。だから見えない風呂は後回しなのだ。

（他の生活部分より何より一日で最も寛げる場所に手を入れないなんて、本当に勿体ない）

そう思わざるを得ない。

残念だという感情が顔にくっきり出ていたクランベールは、自分の失言に気が付かなかった。

「なるほど。風呂は一人ではなく二人で入ってもいいんだな。妃と入るということは、風呂の中で抱いてもいいということか」

「あ、いや違うぞ。そうではなく」

しかしダリアは愉しそうに笑みを浮かべて、湯の花をかき混ぜて泡を作っている。袖が濡れるのもお構いなしだ。

「聞いているのか？」

「聞いている。お前がもっと広い風呂が欲しいと思っているのがわかった」

「違う」

「広い風呂が欲しいのだろう？」

「それは思う。だが、二人で入るのが前提なのではない」

「だが二人で入ってもいいんだな」

余計なことを言ってしまったと後悔しても遅い。

クランベールの常識とダリアの常識が異なるということをもっと覚えて気を付けるべきだった。

そんなクランベールの腰をダリアが抱き寄せた。

「お前の知っていることを俺に教えろ。指図されるのは嫌いだが、お前にされるのはなぜか気持ちがいい」

恍惚とした顔のダリアの指がクランベールの顎を掬い上げ、見つめる。

「閨でのやり方も知らないことばかりだった」

「……それは本能で察しろ」

動物のように愛撫など一切なく、発情したら相手を見つけて「入れて出して終わり」なのは原始的な本能に即していると言えるが、出来るなら手順を踏む人間の本能に従って欲しい。受け入れる用意が出来ていない場所をあの凶暴な性器で貫かれるのは、少なくとも妃という立場の相手にしていい行為ではない。

「クランベール、俺にいろいろ教えろ。お前にならら教えを乞うのも悪くはない」

顎から首へ滑り落ちた指が襟元の釦を外す。耳から首筋へ、優しく触れた唇が下りて行き、首筋に吸い付いた。

緩慢な刺激に体が疼き始めるのがわかり、クランベールは湯に腕を浸けてかき回すことで、鋭敏になる感覚を紛らわそうと動かした。

「んっ……」

それでも自然に零れる声は隠せず、小さな嬌声が零れる。この場では隠すこともない。ダリアは既に勃起し、クランベールの腹に押し付けようと揺らめかせている。

ダリアの手が尻を摑み、割れ目に添って揉みしだく。

「……どこで覚えた？」

「お前が、昨日……いやその前の晩に言ったぞ。全身に触れろと。尻も大事だからと」

そんなことを言った覚えはないのだが、熱情に浮かされていて何かを口走った覚えはある。

（最低だな、私は）

要は下手なダリアに、いろいろと注文を付けたということだ。童貞ではないが、前戯初心者に技巧がなっていないと叱りつけながら、ダリアの手に自分の手を添えて導いた記憶が薄っすらとあるようなないような……。

（……扱き方も命じたような覚えが……）

握り方が雑だと手の甲を叩いたような、隠れている場所ほど感じる場所なのだとその部分に痕を付けさせたような……。

今まですっかり記憶の彼方に追いやっていた「指導」のあれこれが蘇り、くらりと傾いた体をダリアに預けた。それだけで興奮したダリアが下半身を押し付けてくるのを感じながら、クランベールは思った。

（ここに来たのは早まったかもしれない。ダリアに抱き潰される未来しか想像出来ないぞ）

待て、が出来る獣ならいい。だが、常に躾を心掛けなければ調教師であるクランベールの方が食われてしまうだろう。野生味でダリアに劣るクランベールは、自衛のために何が出来るかを真剣に考えなければならなかった。

最悪、愛妃たちと協定を結ばなくてはいけないが、小遣いが減らされ用済みのダリアを押し付けられる可能性もある。

服のまま浴槽に入ろうとしたダリアと揉めている時に、親衛隊の一人が呼びに来たのはよかった。だが、ごねるダリアを宥め透かして連れ去る親衛隊と目が合い、

（これは敵だ）

クランベールを排除したがっている憎しみの瞳だった。

挑発に挑発で返す。これはクランベールが望んだことでもある。そのためにダリアの誘いに乗ったとも言える。

伯母が憂うシャイセス国の現状を打破する鍵は、

やはり国王ダリアだ。クランベールやビリアンがいくら頑張っても主計局だけでは手の届かないこともある。ダリアを変えれば、きっと国は変わる。

教え導く存在、親衛隊や貴族に取り込まれず壁となり得る存在が必要。

そう考えていた自分こそが適役だったのだと気付いたのだ。いや、最初からわかっていたものの、深く関わるべきではないと避けていたことに対し、覚悟を決めただけのこと。

扉が閉まり、静けさが戻って来ると、やっと一人になれた安堵から大きく深呼吸をして、クランベールは邪魔者がいなくなった今、一番したいことをすることにした。すなわち、一人でゆっくりと風呂に入ることだった。

泡に全身を包まれたクランベールは静かに湯に身を浸しながら、考えることを放棄した。明日からのことは、今はいい。今だけは静かに過ごす時間が欲しい。

翌朝、ダリアの腕の中で目を覚ましたクランベールは、これが日常になるのだという現実を認めざるを得なかった。


主計局長代理が国王の妾《めかけ》になったという噂が一気に城内に広がった。それについて回る尾鰭《おひれ》は、

「色仕掛けで取り入ったんだろう？　あの顔は色好みの王が好きそうだ」

「いや、無礼を働いたせいで閉じ込められたとも聞いたぞ。陛下がいない間に好き勝手していたが、表立って罰を与えるのは対外的によくないと、表に出さないようにしたとか」

「俺が聞いたのはどれとも違う。代理は猛将と恋仲だったが、陛下が見初めて奪い取ったというものだ。そのせいで、猛将と陛下の間が険悪になっていると聞いた」

「お二人を引き合わせたのは主計局長なんだが、それを恨んだものに毒を盛られて死んでしまったそうだぞ。仲を裂かれた猛将が犯人とも、陛下の側妃が犯人だともわからないまま、捜査が打ち切りになったんだと」

……枚挙に暇がないほど、毎日新しい噂が出て来ては、翌日には別の噂で上書きされていく。

その渦中の人である主計局長代理クランベールは、帰る場所が城に変わったことと毎日ダリアと顔を合わせる以外、これまでと変わらない生活を送っていた。毎朝主計局に向かい、朝から昼まで書類整理。昼を過ぎれば他の部署との会議に出たり、部下を引き連れて城内を回って不備や不要なものを確認したりと、大体決まった日課をこなしている。

その合間に苦情を持ち込んで来るものへの対応に迫られたりもするが、その数もだいぶ減って来た。予算が減らされたことと、相応の理由がなければ前借りさせないという当たり前の制度をクランベールが職員に徹底させたことで、貴族が今までのように無理矢理予算を押し通すことが出来なくなり、各々が時間と金の使い方を考え直すようになったからだろう。クランベールがよく部下たちに言う「無駄を省く」を、多くのものが実践するようになったとも言える。

そして、クランベールという防壁が金庫の前に居座っている状態では裏付けのない理由を通せるとも思えなかったところに、クランベールが国王の寵愛を得ている噂が立ち、機嫌を損ねない態度に反転したとも言える。

それに、着任以来クランベールが地道に始めていたことが、ひと月近くを経て、城にいる人たちの目にも見えるようになって来たからだ。

その最も顕著で、クランベールが行った計画の代表とも言えるのが軍隊の大幅な改善だった。防具や武器を性能の良いものに替えることは資金と物品がなければ出来ないので、順番を決めて出来るところから交換を行っている。その中で、武具の順送りを利用した。入団当時に支給されはしたものの、怠慢な生活と飽食の結果太って着ることが出来なくなった上級兵士や騎士たちの鎧を、下級兵士たちへと下げ渡したのだ。普通なら、なぜ下級兵士に譲らなければならないのだと苦情が出そうだが、もっと良い性能のものへ交換すると言っているのだから、文句の出ようはずもない。ただし、完全な無償というわけではなかった。

国の兵士である以上、義務も生じる。その義務をしっかりと果たして貰うのが条件だった。早い話、さぼらずに真面目に働けということだ。

働かないものには食べる権利はない。当然、新しい防具や武器を手にする権利もない。

城の中だけが国ではない。

クランベールはそう言って、これまで下級兵士に押し付けられていた中流、下流層が住む地域での活動に、騎士や貴族兵士を遠慮なく当てていった。特に下流地区は犯罪が多発し、そこからあぶれたものたちが徒党を組んで中流地区に進出し、女性や弱小商店を中心に被害が広がっていたのだ。実際に、買い物と所用を片付けに城下に出掛けたクランベール自身も直接目の前で犯罪を目撃し、巻き込まれて被害者になるところだったこともある。ちなみにこの時がクランベールがシャイセス国に来て初めての城以外への外出だった。城下巡回を提案した時に渋る貴族兵士たちへ、たった一回で暴漢に出会う確率云々を経験をふまえ力説。見事説得を成功させた。

兵士の巡回が増えれば犯罪も減る。犯罪が減ると生活がしやすくなり、明るく活気も出る。

犯罪の減少と共に、城に対する不満、王の施政に対する不満は少しずつ減っていった。

また、試しに行った騎士たちの模擬戦で、クランベールが連れて来た中程度の傭兵たちに勝つことが出来たのは、ウラノス他数名の騎士、兵士しかいなかった。戦力の低下が著しいことが判明したため、探索者協会を通じて武術指導者を派遣して鍛え直して貰うことになっている。

なお、模擬戦は国王ダリアも観戦し、惨状――実情をしっかりとその緑の瞳に焼き付けて貰ったことで様々な許可を引き出すことに成功したクランベールを、策士と呼んで畏敬するものも増えた。

ただ、一番目につく効果を示すことが出来るのが軍隊だっただけで、クランベールが一番力を入れたのは技術職の復権や適正給料での雇用だった。その延長で、各部署において名前だけだった上司たちに、実際仕事をするか、辞めるかの二択を迫った。一番最初にクランベールと対峙したのは財務大臣で、辞職をすると思いきや、真面目に仕事をすると宣言し、主計局の職員を驚かせた。その際、クランベールの足の甲に額を押し付け、仕事もするし邪魔はしないし役に立つから解雇しないでくれと泣いて縋ったと言われているが、公になった時に財務大臣の命が狙われる可能性があったため、「来たる日」まで黙することで職員一同は上司を守った。このことで絆が強まったのは、財政改革を全員一丸となって進めていく主計局には幸運だった。

小さなものから大きなものまで、主計局は手を抜かなかった。度重なる飲食や娯楽を必要経費として落としていた貴族には、斟酌することなく翌年からの補助金配布停止を宣言した。接待という名目で人身売買を行っていた貴族は外出禁止を言い渡した。

特に貴族たちに衝撃を与えたのは、彼らに娼婦や男娼など遊びの場を提供していた高級娼館の経営者が、資産すべてを押収の上、投獄されたことだろう。誘拐組織と繋がっており、それに加担していたのが理由だ。有力貴族も関わっていたと噂されており、調査が進められている。

一部の貴族には不評だったものの、クランベールの改革は概ね受け入れられつつあった。最初は文句を言っていたものたちも、実際に成果が見えてくるとクランベールに対する反発心をなくしていく。特に、これまで見向きもされなかった堅実な研究者や技術者たちからの感謝の声は大きい。

使うべきところに使い、必要ないところから削る。浪費されていた金が必要なところへ回されるだけで、淀んでいた城内の空気もだいぶ清浄なものになってきた。

クランベールが地道にやっていた城内の至るところに置かれていた金箔の像の撤去と交換は、つい数日前に完了した。そのまま石工の工房に運んでから金箔を剝がして解体するのだが、最後の一体はダリアにもその様子を見せた。

明るく輝く黄金が削り取られ剝がされて、残ったのは灰色の石の像だ。その時の憮然とした表情が解体を阻止しないのは本意ではないと物語っていたが、クランベールには知ったことではない。三百体以上の金箔ダリアのおかげで、これまで薬や物資が不足していた小さな診療所は救われ、屋根のない家に住んでいた貧しい人々も濡れずに済むようになった。

帰りの馬車の中で、ダリアは一言も喋ることはなかった。ただ、クランベールの手を握るダリアの手は少し熱く、そして少し震えていた。それに少し安堵したクランベールは、城に着くまでダリアの好きにさせていた。降りた途端に振り払った手を物欲しそうに見つめていたが、甘やかしては成長に支障があると無視を通した。

その頃からだろうか、殺気を孕んだ気配が場所も時間も関係なくクランベールに向けられるようになったのは。同時に、それまで実際はほとんど無害だった嫌がらせは、害意を隠そうとしないものへと変化を遂げていた。


「安心出来るのがこの部屋だけというのはどうしたものか」

お気に入りの風呂から上がったクランベールは、長い髪を乾いた布に巻き付けて上にあげ、前合わせの夜着の前をはだけさせたままの状態で、寝椅子に転がり書類に目を通していた。

天華の間で暮らすようになるまでは当日分はすべて処理を終えてから帰宅していたが、居残りをしているところにたまに怪文書やあまり上品とは言えない贈り物が届けられるようになってからは、閉庁ぴったりに迎えの馬車が寄せられるようになり、残業も出来なくなってしまった。結果、当日分の処理漏れが生じ始め、仕方なくクランベールは部屋に仕事を持ち込んでいるというわけだ。

クランベールの送迎は第二騎士団が担当している

ため、ある程度は気安く、迎えに来るのを遅くしてくれと願ったり、終わるまで待っていてくれと頼んだりしたことはあるのだが、今までの怠惰な騎士はどこに行ったのかと驚くほど生真面目になった彼らは、その願いを聞き入れてくれなかった。一度、迎えが来ているのに居残り仕事を続けていたこともあったが、ウラノスに問答無用で肩に担がれて衆人環視の中馬車に乗せられたのは屈辱だった。

体格が違うのだから仕方ないにしても、ダリアにしろウラノスにしろ、簡単に自分を抱え過ぎだと思う。どうして周りは大きな体の持ち主ばかりなのか。しかしよく考えるまでもなく、自身の父親を思い出してみれば、小柄ではないが大柄というわけでもない。兄弟の中で一番大きいのは第二王子で、それでも父親を少し超える程度。対して、これまでに見た兄弟たちの結婚相手や縁談の相手である他国のものたちは、大きい人が多かったように思う。

「……ルネも大きかったな」

弟の夫、カルツェ王を思い出したクランベールは、そのついでに紅水晶《ローズクォーツ》のことを思い出し、小物箱から手のひらにすっぽり収まるくらいの紅水晶を取り出し、握りしめて破顔した。

「これを使うのは久しぶりだな。すっかり忘れていたよ」

書類を読むのは後回しで、さっさと寝台に横になる。

円錐形の紅水晶を握るとひんやりとした冷たさを感じたが、握っていれば徐々に熱が伝わり温かくなる。クランベールは少し丸くなった先端を指の腹で撫で、

「気持ちよくしてくれよ」

と囁いた。

最初は手、それから首の付け根へと移動して、腹の方までころころと転がす。だがこれは序の口だ。今からが本番なのだ。

背もたれに背を預けたクランベールは、夜着の前を更にはだけ、片膝を立てた。そして、

「……っ、さすがに久しぶりはきついな……痛みの方が強い……だが気持ちいい……」

つい声が漏れてしまうのは、我慢していると刺激に耐えられず手を離してしまうことが多かったからだ。声を出し、叫ぶことで痛みを紛らわせば、その間は我慢出来る。

眉を寄せ、「くっ……」と唇を半開きにして、下唇を噛む。その姿が壮絶な色香を放っていることをクランベールは自覚することなく、甘い吐息が室内を満たし、

「……ふぅ……」

という果てた声を出してぱったりと寝台に倒れ込んだ。

「疲れた……だがやはりいい……」

握っていた紅水晶の道具はクランベールの横に輝きながら転がっている。

「背中の方もしたいが一人じゃ無理だな。エフセリアから凹凸のついたものを運ばせるか、それとも作らせようか」

すべてはクランベールの独り言だった。

クランベールに天華の間に暮らせと命じたダリアは、初日から三日ほどは毎日顔を出していたが、今は疎《まば》らだ。夜中に起きれば顔が横にあるということは何度もあったが、ここ五日ほどまた顔を見ていない。

仕事に出ればクランベールは主計局室に籠もりきりになり、ダリアの方は夜会に出ているという話よ

りは夜会に誘ったが断られたという話の方をよく聞くようになった。そんなに聞きたいわけではないのだが、主計局以外の場所を歩いている時に限って姿を見せる貴族や彼らの執事だか従者だかが、クランベールの姿を見た瞬間に語り始めるのだ。ご丁寧に、長い話の場合には、別の場所を歩いている時に続きから話し始めるという具合で、

（何の茶番だ？　私に何かして欲しいのか？）

と真剣に考えたこともある。殴りかかって来たら殴り返す……ことは難しいかもしれないが抵抗しよう。文句を言われたのなら五倍で返そう。だが、道端でただ話をしているだけの相手には対処のしようがない。聞かされるのはダリアの話だけなので、知らずに聞き入ってしまう自分にも問題がある。

騎士たちは送迎の間にダリアのことは話さない。それもまた仕事上の黙秘権があるだろうから、クランベールから尋ねることもない。

どんな噂を聞いても平然と歩くクランベールを見て、「陛下に捨てられたのか？」と馬鹿正直に真正面から訊いて来た貴族らしき若者は、騎士たちにどこかへ連れさられてしまった。顔は覚えていないが、二度目の邂逅《かいこう》はないので、気まぐれに声を掛けただけだったのだろう。

陛下の愛人。陛下の男娼。

前者はともかく、後者は体を張って生きている男娼に失礼だろう。クランベールがダリアに教えているのはあくまで素人《しろうと》のやり方だ。素人として責め方を教えている。だが、男娼たちには培った本当の技術がある。体を重ねたせいではあっても、クランベールの閨房術……寝技のせいでは絶対にない。その辺を誤解して、

「陛下のお相手が務まるほどの技をお持ちなら、一

度私との交歓はいかがでしょう」

などと言ってくる命知らずもいる。それでもこの貴族はましな方で、

「技をもっと磨いてみないか？」

「陛下よりわしの方が上手いぞ」

などと言ってくるものたちもいて困ったものだ。

クランベール自身はダリアに言ったりはしないが、クランベールの周りにいるものたちは律儀にダリアに報告をしている。最近気づいたのだが、主計局の部下の中にもダリアの手のものがいて、その日のクランベールの行動が筒抜けらしい。だからと言って、気を遣う必要性を感じないので普段通りにしているのだが、財務大臣がクランベールのところへ来る回数と、話をする時間が短くなったような気がする。ダリアとは無関係だろう、たぶん。

腕に柔らかな動物型の敷物を抱いて寝転がり、考え事をしていたクランベールはいつの間にか眠っていたらしい。気づいたのは、

「えっ!?」

体の内部にある異物感のせいだ。

一気に目を覚ましたクランベールは、自分の足を開き、間で手を動かしているダリアを見て、目を丸くした。

「いつ来たんだ？　いや、それよりも何をしている」

体勢からダリアのものが入っているのかと一瞬考えたが、そうではない。

（あんな大きなものが入る時に気づかないなどあり得ない）

ズボンは穿いている。前も寛げていないだろう。何度も言うが、前から出ているのならあんな巨茎が見えないことはないからだ。

「陛下！　入れているものは何だ!?」

睨みながら体を捩ると、中のものも一緒にくるりと動いた。凹凸もなく、表面に細工があるわけでもない。短剣の鞘を入れられているわけではないようで、少し安堵した。

「無断で人の体に異物を入れるな！　陛下」

足を上げて顔を狙って蹴り出すが、さっと避けられたばかりか足首を摑まれ、大きく開かれてしまう。これではダリアから丸見えだ。

屈辱で「くっ……」と唇を噛みしめていると背中に手が回り、抱き起こされる。しかし、ただ抱き起こされたのではない。ダリアの膝の上に大きく足を広げるように座らされたのだ。

「いい加減に、陛下！」

「ダリアだ。ダリアと呼べば離してやる」

「ダリア、離せ」

自尊心など役に立たないものはあっさり捨てた。

名を呼べば頬に寄せられたダリアの唇が、嬉しそうに弧を描いた。

「クランベール」

顎を摑んで自分の唇へ重ねようとするダリア。

「……先に抜け！」

怒鳴った後でクランベールは「しまった」と思った。これでは抜いたら口づけをしても良いと許可をしたようなものだ。それに気づかなければいいのにと思ったが、ダリアの顔を見て希望は潰えたことを知る。

「そうだな。こんな無粋な道具は不要だな。何しろお前には俺のこれがあるのだからな」

ダリアはクランベールの手を自分の股間に導いた。

（……本当に大きいな、こいつのは。だが、こんなに頻繁に勃たせていたら、いつか公衆の面前で前立てが外れて飛び出してしまうのではないか？）

本当に余計な心配だが、ダリアは今、地に落ちて沈んでいた信用と威厳を必死に上げようとしているところなのだ。民と言わず、臣下の前でそんなものを露出させた日には、「巨剛王」「巨性」などと面白おかしい二つ名で呼ばれるようになるかもしれない。

（大きすぎるのも、元気すぎるのも、性欲がありすぎるのも、気の毒なことだとよくわかった）

何事もほどほどが大事なのだ。

そしてクランベールは、自分の中に入れられていたものがズルリと出ていくのを目で追い、

「貴様ッ！」

それを見た瞬間、ダリアの襟首を摑み上げていた。

「貴様、か。新鮮な呼び方だな」

「陛下だなどと呼べるものか！　それよりも、これだ！」

白い敷布の上に転がるのは、寝る前までクランベールが使っていた紅水晶だった。

「これは私の大事なものだぞ。なんてことをしてくれるんだ！」

ガクガクと揺さぶるが、

「怒った顔も美しいぞ、クランベール」

などと甘ったるい顔で言う。摑んでいるのも馬鹿らしくなり、さっと身を離すと紅水晶を持って寝台を飛び降りた。

「どこに行く」

「洗う。こんな使われ方をして汚れて……」

「お前の中はきれいだぞ。だが、そのつもりなら今度からお前の中から出た時には洗って貰うようにしよう」

「……あのな、あなたのそれが中で暴れ回った後に起き上がる気力が私にあると思うか？　そんなものはない。自分で清めろ。それから私の体も拭け」

クランベールにしてはめずらしくドスドスと音が聞こえそうな荒い足取りで浴室に行くと、まだ泡が浮いている湯を掬い、何度も紅水晶に掛けて擦った。

「いやらしい手つきだな」

後ろからついて来ていたのは知っていたが、ダリアは浴室の壁に背中を当てて、全裸のクランベールが湯を使うのを眺めている。

「いやらしいと思うあなたの考えの方がいやらしい」

「貴様、ではなかったのか？　呼び名が戻っているぞ」

「育ちがいいもので」

つんと言い返すと、くっくっと押し殺した笑いが聞こえた。口元と腹を押さえ、笑っていた。

クランベールは紅水晶に湯を掛ける手を止め、思わず見入っていた。

「……そんな顔も出来るんだな」

「そんな顔とは？」

「笑っている姿を見たのは初めてだ」

「そうか？」

「ああ」

微笑む、口角を上げるなど笑みと呼べるものは確かに見て来た。だがどれもが感情がどこか抜けている感じだったのだ。だが、ここで笑うダリアは顔だけでなく体全体で「おかしい」「楽しい」を表している。

「俺も、お前がそんな風に自分をさらけ出したのを見たのは初めてだ」

ダリアがゆっくりと近づいて来るのを見ながら、クランベールはそこから動くことが出来なかった。一枚ずつ衣類を落とし近づいて来たダリアは、最後の一枚を残し、クランベールの前で両手を広げた。

「欲しいか？　本物が」

前立ての釦は外されているが、肝心のものは見えない。大き過ぎ、さらに勃起が急傾斜のため布が引っ張り上げられているのだ。

「……そんな台詞、どこで覚えて来た？　私は教えた覚えはないぞ。ここに来ない間に妃たちに可愛がって貰ったのか？」

「そしてお前は自分を慰めていた？」

「否定はしないのだな」

「お前も」

クランベールの手がゆっくりと動き、前立てに触れる。触れただけで跳ねあがった巨茎の先端に布が届かず、はらりと落ちる。隆々と聳えるダリアの巨大な陰茎から目が離せない。黄金の繁みとその下の果実。ごくりと喉が鳴り、尻の穴が無意識に締められていた。

そんな自分にクランベールは愕然とした。

（私は……欲しがっていたのか？　性衝動などほとんどなかったのに？）

紅水晶に視線を落とす。これとはまるで違う太さと熱さを持つそれに自分の体を貫かれたい……？

手は無意識にダリアのズボンを落とし、既に用をなしていない面積の小さい下着の紐を解いた。クランベールが強いた運動のおかげか、腹回りはすっきりとして来たように思う。腕周りも、太腿も引き締まり、逞しくなった気がする。

「欲しいか？」

再びダリアが問い掛けた。距離はほとんどない。いつの間にか勃ち上がっていたクランベールの性器と触れ合いそうなほど近い。

「クランベール。触れ」

名前を呼ばれ、手がダリアに触れそうになる。が、クランベールはきつく瞼を閉じるとその手を引っ込め、不遜に言った。

「触れ？　誰に言っている？　欲しいのはあなただろう、ダリア。さあ触れ。あなたが欲しいと思っているものに触れるがいい」

「クランベール、お前は……」

くっと眉を寄せたダリアだが、この男に躊躇いという言葉はない。

「お前が許可した。後から文句は言うな」

乱暴にクランベールの体を掻き抱き、その肩に歯を立てる。湯船の前で荒々しくクランベールの白くたおやかな体をまさぐり、貪る。足を開いて立つクランベールの前に膝をつき、ダリアのものに比べるとささやかな陰茎を舌で舐る。厚みのある男の舌は動物のようなザラリとした感じはないが、それがあればクランベールはそんなに経たずに精を吐き出していただろう。

「随分、上手くなったな。ああ、そこだ。そこをもっときつく……」

「お前の顔が俺の手で快感に変わるのが楽しい」

「誰かに教えて貰ったのか？」

「お前以上の師はいない。試しに後宮の女を抱いてみたんだが」

「……ここで女の話をするならそっちへ行け」

「違う。抱こうとしたんだが」

「……」

「本当だ！　俺が触ると嫌がるわ、高い声が耳に痛いわで、まったく勃たなかったんだ」

「嘘はよくない。性欲の塊といっていいほどのあなたが勃起しないなんてあり得ない」

「それがあり得たから俺も驚いている。ああ、この体だ。この体はお前そのものだ」

細くたおやかでありながら、しなやかな弾力でダリアの愛撫を跳ね返す。触れると反応を示すのに、それでもすべてを明け渡そうとしない——と、泡を付けた指を尻の入り口に塗りつけながらダリアは言う。

鼻息も声も、指遣いも荒々しい。

「もっと、もっと吸って」

自らの陰茎をダリアの口の中に押し込みながら、

(これでは、最初にダリアが私にしたことを咎められないな)

と反省する。ただあの時は同意の上ではなく、今は同意の上でなので、相変わらず許す気はないのだが。

舌が先端の穴の中に潜り込み、クランベールは金髪を毟りそうなほど強くダリアの頭を摑んだ。

「ダリア、それ以上は……出るっ」

出してはいけないと思うのに、自分の腰は射精を求めて動く。いや、ダリアがクランベールを揺すっているのだ。クランベールの吐き出す白い精を飲むために。

「駄目、駄目だダリア……」

「お前は俺のを飲んだ。お前は俺のもの。お前の血肉も精液もすべてが俺のものだ。寄越せ、クランベール」

「やっ……あ……んっんんっ」

クランベールはダリアの中で達した。一回で出したかったのに、吸い付くダリアの口がそれだけでは許さないとすべてを舐め吸い取ってしまっている。

(もう一滴も出そうにない)

ダリアの頭に手を乗せたまま、崩れそうになる足を気にしていると、ダリアが立ち上がり腰を支えてくれた。

「あ、ありがとう……あ」

「次はここで俺を達かせろ」

待てという間もなく、浴槽に手をついたクランベールの背後からダリアのものが体の中へ侵入して来た。ダリアが解していたせいで痛みはないが、やはり違和感がすごい。

「くっ……もっとゆっくり入れろ」

「無理だ。お前が俺を引き入れる」

「腰を動かしているのはお前だろ」

「だからお前が……」

言い合っているうちに、ダリアの巨茎は根元近くまでクランベールの中に入り込んでいた。ダリアが内部に感じ入っている間がクランベールの休憩だ。浴槽の内側に這うように上体をつけて、はぁと息をつく。

「クランベール」

熱い声が背中に掛かる。唇が背骨をなぞるたび仰け反る背中。ダリアはこれが好きらしい。最初の時からそうだった。こうするとクランベールの入り口がきゅっと締まるのだ。狭い穴の入り口がさらに締まることで痛みはあるが、それもまた気持ちいいのだと、寝物語に聞いた覚えがある。

そのきつい入り口と中をダリアのものが激しく往復する。たまに胸の尖りに手を伸ばすが、立ったままなので基本腰を支えてしか動けない。それでも、激しかった。奥に届くたび、突かれるたび、悲鳴が零れそうになる。

「声を出せ。ここと他の建物は離れている。一番近い俺の部屋は無人だ。気にせず叫べ、クランベール」

汗なのか湯なのかわからないもので濡れた首をダリアの舌が這う。

請われるままにクランベールは叫んだ。快感に流されるよう嬌声を上げ、ダリアが与える快楽の中に飛び込んでいく。

ダリアの動きが速くなり、湯の表面はクランベールとダリアの振動でずっとさざ波を浮かべている。その間隔が狭くなり、激しく波打つようになった。

二人の絶頂は近かった。

――そして脱力したクランベールの体を今度は正面に抱き、ダリアはクランベールの片足を持ち上げた。

「……ダリア？」

「まだだ。まだ満足していない」

「まだ……するのか？」

「ああ。お前は俺に寄り掛かっていろ。それだけでいい」

話しながらダリアが腰を動かし始めた。立ったまま、正面から抱き合った経験はクランベールにはない。だからという理由を付けて、クランベールはダリアの首に腕を回し、抱き付いた。不安定な体を支えるために仕方なく、体格差のせいできついから仕方なく……。

背後から、前から、座って正面からと、湯殿で三度交わった。そして寝室を変えてまた三度。

クランベールが意識を保っていられたのは、湯殿までで、後はダリアの為すがままだった。


翌日。昼過ぎに主計局に顔を出そうと思ったクランベールは、

「今日はここでお休みくださいとのことです」

ダリアの伝言を持ってやって来たウラノスにより、予定変更を余儀なくされた。

不穏の種は既に撒《ま》かれ、芽が出ようとしていた。
悪意という肥料を与えられながら。

5.

＊＊＊＊＊

ある意味、それは当然のことだった。クランベールにとっても、ダリアにとっても。

だから気にしてはいないのだと伝えたい。

クランベール自身がそうなるよう仕向けたと言えなくもないから、これは罰なのだ。

いつかはダリアへ刃《やいば》が向けられることはわかっていた。だからこそ周りからどんなに不名誉なことを言われても罵られても、護衛で囲み、危害を加えようとするものたちを牽制して来たのだ。クランベールが鍛えた騎士がいて、すぐ横にはクランベールがいて、それで守れないとは微塵も思っていなかった。

事実、ダリアは守られたのだ。

ダリアの国王としての過去の負債はとても大きく、命で贖わなければいけないという考えがあることもわかっている。それでも生きていて欲しかった。これからシャイセス国は多大なる借りを国民へ返していかなくてはならない。その先頭に立つのはシャイセス国王ダリアだとしか考えられないのだ。

だから——死なずにいてくれたことがとても嬉しかった。

＊＊＊＊＊

クランベールがシャイセス国に来た時はまだ夏の

気配が残っていたのに、今はもう秋の色が深くなっていた。そう長く待つことなく冬になるだろう。

　天華の間での生活にもいつの間にか慣れ、ダリアと体を重ねることも日常になっていた。それに従い、穏やかに話すことも増えて来たように思う。天華の間がダリアが子供時代を過ごした部屋だと知ったのは、他愛のない寝物語の中だ。そして、この天華の間が実は国王の私庭に建てられているということを知ったのも、同じ寝物語の最中だった。道理でダリアが毎晩クランベールのところに通っても誰も何も言いに来ないわけである。区分としては「王の庭にある離れのような家」なのだから、他のところで夜を過ごすよりよほど安全だ。

　クランベールが主計局で仕事をしている間に掃除されているのだと思うが、それに気付いたのも随分経ってからで、小出しにしか情報を出して来ないダリアに腹を立てていたのもつい最近のことだ。いつかの一件から情事の後始末は面倒がらずにきちんとしようと心に誓い、ダリアに片付けさせるのも日課になった。

　同棲とも同居とも違う妙な関係をダリアと築く私生活、それから厳格な国庫の番人として言葉鋭く貴族たちと渡り合う公生活、その両方をクランベールは意外と気に入っていた。充実した日々だとも言える。このままの生活がずっと続くのだと錯覚してしまうほどに。

（国内が安定すればエフセリアに帰るのにな）

　穏やかな気候。白い宮殿。賑やかで華やかな兄弟姉妹との会話。故郷のことを懐かしく思いながらも、ふと気付く。

（私はここにいたいのだろうか……？）

　忙しさは祖国にいた頃以上で、貴族たちは嫌味を言って来たり嫌がらせをして来たりで、楽しい話題にはなりえない。だから、ある時、ダリアに抱かれながら気付いたのだ。

自分はシャイセス国に残りたいのではなく、ここ――この天華の間での生活を失くしたくないと思っているのだと。ここから去るのが寂しいなどという感傷的な感情ではない。もっと即物的で、もっと強欲な、何一つここでの暮らしを欠けさせたくないという我儘な気持ち。その中には庭に時々やって来る馬や飛竜も入っている。ウラノスの黒衣も、朝見ると目が覚めるからなくてはならないものだ。それから、ダリア。

正直、体から始まった関係なので長く続くとは思っていなかった。煩くて、我儘で、子供で、強引な獣。その豪奢な髪を鬣に見立てて「獅子王」と呼ばれている男。毎日のように来る男が来ない日はこの部屋がとても静かだった。静かな環境は好きだだし、騒音は排除したい性質だ。それなのに、ダリアがいないと物足りない。叱られて、不満げな顔をする男がいないのはつまらない。

そう、つまらないのだ。

それは恋でも愛でもなく、ただつまらなくて寂しいという気持ち。

側に寄って来れば邪険に扱いもするが、いないと求めるとは自分がとても自分勝手な生き物に生まれ変わった気がする。

「ダリア」

寝息をたてる姿に呼びかける。

今日もシャイセス国王はクランベールを激しく抱き、そのまま寝入ってしまっていた。

少し前からダリアは変わった。少しずつ変わっていったから、毎日顔を合わせている貴族はまだ気付いていない。気付くのは、もっと後か、ダリアが行動を起こした時だろう。

いつも全力でクランベールを抱くこの男から愛を囁かれたことはない。妃にすると言われたが、返事をせぬまま、いつの間にか有耶無耶になってしまったような気がする。ダリア自身、妃にすると言って天華の間にクランベールを連れて来たことを忘れてしまったのではないだろうか。

「ダリア、あなたはどんな王になりたかった？　子供の頃の話をもっと聞かせて欲しい」

この天華の間に住んでいた王妃は、どんな王になってほしいと願っていたのだろうか。

少し開けていた窓から夜風が入り込み、クランベールは肌寒さに体をぶるりと震わせた。窓を閉めに行くよりは、このまま布団の中に潜り込む方がいい。

肩まで布団を掛けて横になり、少し考えてダリアの体にぴとりと張り付いた。

「寒いから仕方がない。だから私の温石になれ」

寝ているダリアには聞こえるはずがないのに、クランベールの肌を感じたのか、無意識に抱き寄せてきた。情交で果てた後によくするように、優しくぎゅっと。

温もりは眠気を誘う。

クランベールもそれに逆らうことなく瞼を落とした。

寒さは、もう感じなかった。


クランベールが貴族の特権が横行する国政に風穴を開け、ダリアを説き伏せて捻出した予算を使って、城から都、都から街や村と徐々に国土が整えられていく。

かつて怠けものだったはずの騎士や兵士は、今や巡回を頻繁に行い、街の住民の相談を親身になって聞く真面目な騎士や兵士に変わっていた。彼らは街の職人や探索者協会と手を結び、復興のための土木作業にも従事するようになった。派手な飾りが付いていた鎧は頑丈で質素なものに変わり、馬も餌がよくなったおかげで毛並みが艶々とし、適度に体を絞った騎士たちを乗せて堂々と道を歩くようになった。

それが民に一番わかりやすい変化だったが、勿論それ以外にも変化はある。

貴族御用達の店だけが繁盛していた商人の町は、一般の店も城と契約することで利益を得るようになり、職人たちは堅実な仕事が受け入れられたことにより依頼も増えたという。

貴族が住む高級住宅地では、前王弟の夫人が先頭に立ち、無償奉仕をするようになった。今は下位貴族の夫人や資産家の妻が多いが、その活動がもっと受け入れられるようになれば様々な階級の女性たちが集まるようになるだろう。

変化は下流地区から中流地区へと一気に広がり、上流地区には緩やかな変化が訪れていた。貴族の中の意識改革はすぐに表に現れるものではない。

そこに誘導の手を加えるのは、伯母に任せておけばいいとクランベールは思っていた。エフセリア人の自分はこの国の人々にとって所詮は他人だ。この国に根を下ろして暮らしているわけではない。いざとなればシャイセスを出てもいいのだから、変化に対する不安を共有できないと思ってしまうのだ。

劇的な変化はまだない。改めて指摘すると誰もが驚くだろうが、クランベールがシャイセス国に来て三カ月にも満たないのだ。そんなにすぐに変化が出れば、逆に最初から仕組まれたものだと不審に思うものが出る。そうすれば、城主体で始めた改革は民に「貴族が作った偽物の改革」と認識され、その時点で頓挫し、破滅への道がすぐ目の前に迫るだろう。

このままゆっくりとでもシャイセス国の改造が進めば、国庫も持ち直すはずだ。

クランベールたちは待つことが出来る。その先にあるのは新しい輝く未来だということを知っているから。しかし、経過を見ることが出来る城の役人と違い、民には目に見える変化がない。今年蒔いた種が来年ちゃんと芽を出すのかわからない。そんな状況にあるものに信じろと言っても簡単にはいかない。それこそ、これまでの貴族の行動を考えれば信じろという方が無理だ。

だから支配者たる王や貴族は、失くして久しい信頼を取り戻すのではなく、新しく築いていかなければならない。

王も貴族も兵士も、商人も職人も農民も、手探りなのだ。

それでも、国王が民のために動いたという事実は大きい。すべての新しい法案は国王ダリアの署名がなされ、国内すべての地区で公示された。

食べ物に困らなくてよくなるかもしれない。

子供を売らなくていいかもしれない。

祭りの日に新しい服を買うことが出来るかもしれない。

そんな希望が膨らむ。

王も貴族もまだ信じられない。だが、自分たちに様々な恩恵を齎してくれるのも彼らで、複雑な思いはあるのだろう。

これまで何もしてくれなかったのにいきなりどうして、と。

戸惑いと不信感、それに少しの期待。裕福なものたちほど考え、大人たちほど悩む。だが、今日を生きることだけが目的の貧しい子供たちにそんな思惑は関係ない。

今を生きる。まさにそれに尽きた。

温かい食べ物の配給に我先にと駆け寄って来る子供たちのように。


クランベールは、王都シャインの下流地区と中流地区の境にある広場に立ち、両手を広げて、歓声を上げながら駆けて来た子供たちに制止の声を掛けた。

「慌てるな。慌てなくてもなくならない。転んでしまえば食べることも出来ないぞ？」

見るからに貴族とわかるクランベールを見て、子供たちが怯えたように唇を震わせる。

（やはりそうなるか……）

こればかりは仕方がない。これまでの彼らの暮らしの中に貴族と接する機会はなかっただろうし、あったとしても怖い思いをするだけでいいことは何もなかったのだろう。大人が貴族を嫌うのを見て育てば、子供たちも自然にそうなってしまう。

（確かに、私でもシャイセスの貴族とは関わり合いになりたいとは思わないからな）

中には真面目な貴族もいはするが、それもごく一部だ。

大きな椀を持って炊き出しの列に並ぶ子供たちの目は、キラキラと輝いていた。湯気が立ち上る大きな鍋からは、うまそうな匂いも一緒に広がって食欲を刺激する。

子供たちは柔らかくて温かい肉と野菜入りの粥が

自分の椀に盛られるのを見つめながら、早く食べたいと瞳を輝かせる。椀に入れて貰った後は、炊き出し場の横に設けられた屋外食堂の椅子に座り、小さな口を尖らせて息を吹きかけながら頰いっぱいに詰め込んでいた。積み上げた石の上に板を乗せて作られた簡素なテーブルの上にはパンが山ほど積まれていたはずだが、もう一つも残っていない。追加は後から来る予定ではあったが、前倒しにして急いで持って来て貰った方が良さそうだと、列整理をしながら様子を見ていたクランベールは近くにいた奉仕の会の少女にパン屋への伝言を頼んだ。

少女の後ろ姿を見送っていると、後ろから、帽子を深く被って黄金の髪を隠し、手持ちの中では最も質素な服を着たダリアが話し掛けて来た。口を開くと何を言うかわからないから、黙っていろとクランベールが馬車の中で言っていたのだ。

「これがお前がしたいことなのか？　パンとスープ？　それを配って回ることをしたいのか？」

「スープじゃない。あれは滋養のある薬草と野菜に細切れの肉を刻んで入れた粥だ」

そう話しながら、クランベールは粥鍋の前でそわそわしながら順番待ちをしている子供たちへ顔を向けた。子供たちの後方には老人やくたびれた感じの男女が並んでいる。全員が下流地区の中でも更に貧困が厳しい通りに住んでいるものたちだ。

「出来ればしたいことだな。ただ、必ずしも私がしなければならないということはないんだが、まずは一通り自分の目で見て確認したいというのはあるな」

「確認とは？」

「……あのな、ダリ……さん」

「ダリさん？　それは俺のことか？」

そんな呼ばれ方をしたことがないのか、ダリアの緑の瞳が見開かれた。

「ここで名前を呼ぶわけにはいかないだろうが。あ、私のはいいぞ。私の名など、聞いて誰のことかわかるのは伯母の家族か、城にいる貴族連中だけだろうからな。素性を隠して視察する時には本名を名乗らないのも大事だが、相手の素性を探らないというのも暗黙の了解だ」

「だからダリさんなのか」

「元の名前とかなり似ているから呼ばれて気が付かないことはないはずだぞ」

ダリ、ダリ、ダリさんと一人ぶつぶつ言っているダリアの腕をクランベールが引く。

「ここは人手もあるし、奉仕の会の人が一緒に参加しているからもう大丈夫だろう」

「待て、今馬車を呼……」

「こんな地区に馬車を呼んだりしたらすぐに国王だと気付かれるぞ。そうなった時にあなたを守れる自信は私にはない」

「守る？　なぜ俺が守られねばならない」

「前にも何度も話して聞かせたはずだし、今日も来る前に念を押しただろう？　彼らが良い感情をシャイセス王に持っているのならいい。だが」

そうではない。この国は一見すると豊かだが、貧富の差が激しい。それに貧困に対する救済の手もなかった。どんな国にでもある救済院や救護院は確かにシャイセスにもある。だが、中流地区と上流地区にしかない上に、これらに配分されていた予算もほとんどないに等しかった。城に近い場所にある救済院は、大貴族が寄付をしているため立派なものだが、それ以外の庶民が利用する施設に対する寄付は善意に頼るしかない状況だ。

「言っただろう？　もっと他のものに金を使えと。

もっと切実に欲している人たちがいるのだと」

　クランベールは何度も会議の場で説明をした。国王が出席する御前会議の場でも同じことを何度も伝えた。だが、会議を握手を交わす場としか考えていない貴族たちに、クランベールの言葉が届いたとは思えない。それは想定のうちで、「国王の前で説明して許可を得た」という形式が欲しかったから場を設定したようなものだった。それでも、耳を傾ける高位貴族が少ないのは、王政としてもかなりの問題であり障害だ。

「あなたが貴族をどう扱いたいのかわからないが、自分が王だということを再認識させた方がいい。王が臨席している会議の場であの態度は、他の国なら不敬罪で投獄されても誰も文句は言わないぞ」

　クランベールがダリアに取る態度も、親衛隊が見れば眉を吊り上げるだろうが、時と場は心得ている。王子であるクランベールは、他人がいる前ではダリアを国王として扱う。内心はどう思っていたとしても、それが礼儀だからだ。

　貴族の中だけで通じる価値観でしか生きていないシャイセスの貴族はそれがわからない。国の方針を決める会議を、自分の駒を増やしたり、より有力な誰かに取り入るための低俗な社交の場に変えてしまっている。

　出席する前はもっとまともだと思っていた。そうではないから、財政改革も思いついたことをすぐに強行出来たとも言えるのだが、この状態が国として異常なのは明らかだ。どこかで国王主導の元、体制を変える必要がある。

「視察というものがある。国王でも領主でも誰でもいい、正しく物事を見る目を持つものが、自分たちが行っていることが正しいか、民が何を求めているかを知るためのものだ。貴族の領地や別荘、そこで出された料理を見て、土地が肥えていて何も問題がなかったというのは、何も見ていないのと一緒だ。あなたはまだ若い。次代にこの困難を押し付けるのではなく、あなた自身が解決して豊かにした国を譲るのが正しい形だぞ」

「――お前の目は正しいのか？」

　ダリアに見つめられたクランベールは、灰紫色の瞳に男の顔を映して笑った。

「私は正しいと思っている。だが、誰の目を信じ、誰の言葉を信じるのかはあなたが決めることだ」

「お前を選べばどうなるんだ？」

「きっと今までと同じだ」

「それならそれでいい。俺の目が濁っていて、正しくものを映していないのなら、お前が教えてくれ。俺の何が間違っていて、何をどうすればいいのか」

　傲慢で、命令はしてもされることは嫌い。人に何かを頼むなど持っての他だったはずの男は、膝に手を付きクランベールに頭を下げた。

「ダリ……ダリさん」

　情事の時に膝をつき、クランベールを与えて欲しくて頭を下げるのとは違う。

「お前の話は正直よくわからないことも多い。どうしてそこまでこだわるのか、わからないまま許可を出しているものもある」

「それは知っている。私があなたにそうさせているから」

「そうだな。だがクランベール、俺はそれでいいと思った。お前がしたいのなら、お前が求めているのなら、それを認め許すことが俺にしか出来ないのだとすれば、それはそれでいい気分だからな」

　頭を上げたダリアはクランベールの手を取った。

そろそろ手袋が欲しい季節である。触れたダリアの手は冷たく、クランベールの手はそれよりもより冷たい。

「もうここはいいのだろう?」

「ああ。だが、忙しいのならこれからは私一人でもいいんだぞ」

「いい。俺が自分で付いて行くと言った。それに今も言った通り、俺の目とお前の目と、どう違っているのかを知りたい。だから付いて行く」

「……また親衛隊に睨まれるな。陛下を独占するなと」

「独占してくれているのか?」

「さあ。私にそのつもりはないが、周りからはそう見えるらしい。おい、何をおかしそうに笑っている」

ダリアは口元を押さえてくつくつと笑っていた。

「いや、お前は賢い。だが疎いというのがよくわかった」

「疎い? 何に?」

「わからなければマルス叔父上か、お前の伯母に訊いてみろ。きっと俺と同じことを考えているはずだ」

並んで歩く二人は気付いていない。

ダリアはクランベールの手を握ったまま離さず、クランベールもその温もりが当たり前のものだと離すことすら考えず。

正面から見れば見目麗しい顔に気を取られてしまうが、後ろから見れば二人のその姿は長年連れ添った夫婦と言われても否定できない雰囲気を纏っていた。


その僅か数日後にその二人に悲劇が起ころうとは、

誰も思わなかったに違いない。その事件は、シャイセス国の在り方を変えるために一石を投じることになった。

＊＊＊＊＊

いつの間にか大事になっていたこの時。

いつの間にか体の一部になっていた。

いつの間にか互いの心に自分の心を預けてしまっていた。

だからそれが壊された時、怒りも悲しみも何もかもが決壊したとしても不思議ではない。

＊＊＊＊＊

「クランベールッ！」

「クランベール様！」

自分が斬られたことはわかっていた。そうなるように動いたのだから当然だ。

王都から地方都市へ向かう中間地点にある村は、旅人たちの休憩地点として存在し、クランベールとダリアを含む視察団もそれに倣《なら》った。

そんな中、事は起こった。

銀の光はきっと剣の反射光。それを視界の端に見た時、体が反射的に動いていた。

「ダリアッ」

クランベールがダリアに覆い被さる瞬間、後ろから走って来た痩せた男が目に入った。刺客か、暗殺者か。それとも衝動的な殺意か。そのどれであったとしても、ダリアを傷付けることは許さない。だからダリアの首に飛び付いて自分の体を盾にした。運動は苦手だが、飛び付くことはいつもしているから慣れていた。そう、これでいい。ダリアの匂い。その匂いが勇気をくれた。

背中に熱いものが走ったと思った時にはもう斬られてしまった後で、だから熱いのが先か、痛いのが先か、どちらだったのかを覚えていない。それよりも重要なのは、

「ダ……ダリア……あなたは、無事？」

庇った男がその後で襲われていなければいいと思いながら、手を伸ばした。倒れる前近くにいたからすぐ側にいるはずなのだが、目を開けて周りの様子を知りたくても、幕が掛かったように薄ぼんやりとしか見えていない視界では、見付けるのは無理だろう。

体が熱い。熱いのは斬られたせいだ。だが、背中だけじゃない。他も熱い。動かない片方の手が熱くて、頭が熱くて、それから顔に落ちて来る水が熱い。

「……！　……ッ」

顔の真横で音が聞こえる。低くて、興奮して何かを叫んでいるような、そんな音。どんな音なのか知りたくて、耳にだけ意識を集中すると、声が聞こえた。

「死ぬなッ！　死ぬのは許さん！　俺の代わりになるなど、何故そんなことをしたッ！」

ダリア。ダリアの声だ。それならきっと無事なのだろう。

「ダリ、ア」

顔があると思われる場所に検討を付けて手を伸ばせば、全然違う場所だったようで手を握って顔のと

ころまで運ばれた。やはり今の視界は当てにならないらしい。

ダリアの顔は濡れていた。手も濡れていたが涙のようにさらっとしたものではなかった。それでわかった。

血だ。私の血がダリアの手に付いているということだ。

本当は、ダリアの全身を自分の目で見て無事を確かめたかった。国王だからそれなりに体を鍛えてはいるが、実戦には程遠い男だ。下手な抵抗をして怪我をしていなければいいのだが。

「……ダリ、」

「なんだ、何が言いたい？」

「男、そのま……で、ころ……ないで。は、はなし、を……」

「馬鹿な！　お前を傷付けたものを俺が許すとでも！」

「陛下！　大声は傷に障ります」

この声はウラノスか。ウラノスが側にいるのならダリアは安全だ。私はもう盾にはなれないが、これから先はもっと丈夫で頑丈な盾がダリアの側に付くはずだ。それでいい。

襲って来た男を殺すなと言いたかったのだが伝わっただろうか？

感情のまま動くなと閨でいつも教えていたから、それを守ってくれるといいのだが。

男が行動に及んだ理由と背景、大体の予想は付いているが裏を取る必要がある。そのためにも是非生かしておきたいのだが、大丈夫だろうか？

こうなるとダリアには親衛隊以外の信頼できる側近が必要だ。貴族の取り巻きは、この機会に全員城から追放すればいいだろう。親衛隊は私にはきつく当たるが、実際に危害を加えたことはない。ダリアへの忠誠は本物だろうから、鍛え直せば使えるようになるかもしれない。使い物にならなければ捨てると言えば、頑張りそうな気がする。

……そろそろ本格的に意識が朦朧として来た。面白い経験だが、二度はしたいとは思わない。

泣くなダリア。お前の顔で泣かれれば、周りは怖がって近付かないぞ。

ああ、私を抱いてくれているのか。血まみれになっても知らないぞ。

ダリア、後は頼む。

私はもうここまでだ……。


クランベールが目を覚ましたのは、斬られてから三日後だった。その間にあらかたの問題は片付いていたと、目覚めた時に疲れた顔で側にいたダリアが教えてくれた。

ダリアを狙って長剣で斬り掛かって来た男から身を挺して庇ったクランベールの傷は、出血の酷さもあってかなりの重傷だった。クランベールが気を失ったのは、血が流れたことによる体温の低下に伴うものだったと説明された。ダリアを襲ったのは、旧帝国時代に併合された小国の指導者で、ここ十年続いている重税と不作により人死が多く出て、最初は税を軽くしてくれと頼むつもりで王都に向かっていたらしい。

それがたまたまクランベールたちと同じ村に居合わせたことで、冷静さを失ってしまった。

男は言ったそうだ。

「俺たちが食うものもなく、木の根っこで耐えているのに、王様はきれいな女の人を侍らせて、笑いながら歩いていた。俺たちがどれだけ苦しい生活をしているのかとか、着物一枚買うのにどれだけ働かなきゃならねえのかとか、もういろいろ頭に浮かんでしまって……」

　たった一人で責任を背負い旅をして来た寂しさも、それに拍車を掛けた。楽しく賑やかで華やかな集団。自分たちが収めた税も、きっとあの豪華なマントや金色の鎖に変えられてしまったのだろうと。

　やるせなくて、辛くて、持っていた先祖代々伝わる剣の鞘を抜いてしまっていたのだと、男は諦めた表情で話したらしい。

「その人は生きているのか？」

「……生きている」

「そうか」

　ほっとしたクランベールだが、その反応にダリアが顔を上げ、吼《ほ》えた。

「俺は！　殺したかった！　お前を傷付けたのに生きていることが許せなかった。どうしてお前は殺すなと言った？　血だらけのお前の最期の言葉になるかもしれないと、諌められた俺のその時の気持ちがわかるか？」

　クランベールの胸元を掴むダリアの腕は震えていた。腕だけでなく、体も声も、心も震えていた。

「お前を失うと思った時、俺は初めて恐怖を味わった。クランベール、俺はお前を失うところだったんだぞ？　俺をこんな風にした責任を取れ」

　激高したダリアだがすぐに相手が怪我人だと思い出し、拳を押さえるように握り、椅子に座り直した。俯くダリアの金髪は少しくすんで見えて、心配を掛けたなと優しく撫でた。

「……クランベール」

「ん？」

「俺は俺が憎い。お前を直接傷付けたあの男も憎いが、それ以上にあいつが剣を抜かなくてはならなくなるほど追い込んでいた自分が憎い」

ダリアはクランベールの手をぎゅっと握り締めた。

「俺がもっと民に目を向けていれば防げたことだ。それなのに俺は何をしていた？　あの男の言う通りだ。井戸が枯れて水が飲めない時に、きっと俺は浴びるほど酒を飲んでいただろう。酒の風呂に入ったこともある」

「それは……豪快だな」

「着るものなど、放っておいても誰かが持って来る。俺が足拭きに使った服は、きっとあいつらが三十年働いてやっと買えるくらいのものだったらしい」

「調べたのか？」

「ああ。調べた。全部調べた。お前たち主計局が集めた資料にも全部目を通した。馬鹿馬鹿しい話だが、俺は金の価値を知らない。金を出せば手に入れられないものはないと、ずっとそう思っていた。それは今でも変わらないが、一つだけどうしても金では買えないものがある」

「気付いたのなら間違っていた箇所を是正していけばいいことだ。お前、王位を捨てるなんて考えていないだろうな？」

一瞬固まった体は、ダリアがそれも考えていたと示していた。あのダリアが……と思うと、

「馬鹿だな、あなたから王冠を取ったらただの世間知らずの男だぞ。十代ならまだ可愛いが、三十代の世間知らずは世の中では生きていけない」

「だが」

「責任を取る形はいろいろある。辞めるのも一つの手だ。ただ、私はとても困っているんだ、ダリア」

「お前の世話は全部俺がする。寝ている間も全部俺がした。それ以外に困っていることがあるのなら」

「ある。かなり切迫した状態で困っている」

「それは……わかった」

真面目な顔のクランベールに、ダリアも真面目な顔で返し、寝台の下から一つの容器を取り出した。

「気づかずに悪かったな。小便だろう？　取ってやるから大人しくしていろ」

そう言いながら、先ほどまでの落ち込みはどこに行ったのかと思うほど嬉々として布団を捲り、夜着の裾を開こうとする。

「違う！　それじゃない！」

「では大……」

「話を聞け！　……ッ」

背中に添えていた枕の一つをダリアの顔に投げ付けたクランベールは、背中に走った痛みに耐えきれず、寝台に横になり枕に顔を埋めて、拳に歯を立てて痛みをやり過ごそうとした。

そんなクランベールの体がそっと持ち上げられる。優しく、そっと抱き上げたのはダリアの腕で、クランベールの手を自分の首に回させると自分の体の上に下ろし、頭を撫でた。

「俺に抱き付け。痛くて耐えられないなら噛んでいい。自分の手を噛もうとするな。まだ痛むか？」

「痛い。あなたが変なことを言うからだ。責任を取れ」

「わかってる」

決して座り心地がいい椅子ではない。だが、くっついていると安心出来た。

「……私の頼みは、私がやりかけていたことを完遂させてほしいということだ。ビリアンが主計局に復帰しても、病み上がりの従兄に押し付けるにはやることが多過ぎる。私の配下だった職員はこき使ってもいい。慣れているからな。あなたには、貴族ではない役人が貴族に負けないよう見張っていてもらいたい」

「それだけでいいのか？」

「結構大変だぞ」

「そ、そうか」

「手助けが必要なら主計局から借りて城に詰めさせてもいい。ああ、無能でも財務大臣は罷免するなよ。あれは使いようによっては役に立つからな」

　その他クランベールは、これからのことをダリアに一つ一つ説明していった。政治的な気掛かりと、指針を伝えたクランベールは、

「これは私が口出しすることではないが」

　と後宮について言及した。

「妃たちは大人だからどうでもいい。あなたの後宮だ。残すのも追い出すのも好きにしろ。だが子供たちには手も目も掛けてやれ。あの子たちは素直だ。正しく教育すればきっと伸びる。家庭教師を頼むなら、伯母のエレノアを推薦する」

「お前ではいけないのか？　懐いているのだろう？」

「私などまだまだ伯母上の領域には掠りもしていない」

　伯母は生粋のシャイセス人の成人王族が持っていた悪習をすべて捨てさせ、一般教養を身に着けさせた。有象無象が跋扈《ばっこ》する城に勤務する従兄も、少々打たれ弱いが真っすぐな気性だ。

「なるほど。では叔父上が夫人の尻に敷かれていると言うのは事実なのか……」

　家庭教師については候補にしておくと言って、ダリアはクランベールの頬を撫でた。

「いつになったら戻って来る？　傷はまだ癒えない

のか？」

「……古い剣でも剣だ。それに今みたいに動かすと引き攣って痛い。まだ安静が必要だから、ここにいるよ」

現場近くには薬師しかおらず、応急処置のみしてクランベールの身柄は王都シャインへ運ばれた。その道中も知識に長けた医師を探したのだが存在せず、王都の手前の町で見付けはしたものの、そのまま王都まで駆け抜けて伯父マルスが懇意にしている医師のところへ運び込まれて今がある。つまりまだ入院中の身の上なのだ。

「いかに何もかもが王都に偏っているかを理解した。あれでは地方が立ち行くはずがない。すぐに領主たちを招集して情報を纏めて持って来るよう手配した。それよりクランベール、傷は残りそうなのか？」

「さあどうだろう。綺麗な切り傷だったらしいから、そのうち薄くなって消えるのでは？」

「自分の体だろう？　もっと気にしろ」

「気にしろと言われても、背中は自分では見えないからな……」

「……お前の体は俺のものだ。俺が見るのだから大事にしろ」

「あなたのものかどうかはともかく、ありがとう。気を付けよう」

「そうしてくれ。それからな、クランベール、お前が退院した後の話なんだが……」

ダリアは一瞬言い淀んだ。そして口を開こうとした時に、包帯を変えると看護師が入って来て、ダリアは追い出されてしまった。

「なぜだ!?　俺もクランベールも男だぞ！　なぜ追い出す！」

ドンドンと何度も扉を叩くダリアは、他の病人の

いい迷惑だっただろう。騒いでいると、

「それはクランベールの配慮ですわ、陛下」

クランベールの伯母であるエレノアがドレスの裾をふわりと持ち上げ、貴族式の挨拶をした。

「クランベールの配慮とは？」

「陛下はあの子が怪我をしたことでとても後悔しておいでだと伺いました。それをクランベールも知っています。そして陛下がクランベールを傷付けた方を生かしておいたことも。クランベールは生きています。でも陛下は気になさるでしょう？　自分の代わりにクランベールが傷を負ってしまったことを。そしてきっと気の毒な目で見てしまいます」

「俺は……」

「クランベールは陛下が傷付く顔を見たくないのでしょう。クランベールはあの傷に誇りを持っています。それを同情の目で見られたらいたたまれませんわ。だから、二人のためなのです、あの傷を見せないのは」

国王に対し物怖じすることなく普通に会話を行える既婚女性。話を聞きながらダリアは考えた。クランベールが薦めていた通り、エレノアを子供たちの教育係として雇うのは確かに賢明なのだろう、と。


ダリアはこれからのことを考えていた。

傷が治ればまた天華の間で共に暮らすことが出来ると。

クランベールが気にするだろうから後宮のことも誰かに相談しなければならないし、それ以外にもすることは多い。

自分が母親と暮らしていた王妃の間の主には、クランベールこそふさわしい。

それはつまり……――。

ダリアは浮かれていた。

浮かれていて、忘れていた。

従兄ビリアン＝セッテが復帰すればクランベールの契約は終了し、エフセリアに帰るということを。

それを知らされたのは、ダリアが何度目かの見舞いに訪れた翌日、クランベールに「退院できる」と聞いた日の次の日だった。

そこで一旦、ダリアはクランベールの消息を見失うことになる。

6.

山間の小国カルツェ。毛織物で有名な国だが、最近はもう一つ、水晶の鉱脈が再び見付かったことにより、国の特産物として少しずつ売りに出しているところだ。それら特産物の方が有名だが、地元の民や旅行者の間では、地熱により温かい湯が溢れている温泉街も隠れた名所になっていた。

その小さな国に白い飛竜が飛来したのは五日前。

飛竜の主クランベール＝エフセリータは、傷を癒やすために来たと言い、温泉街と城館を気ままに行き来する毎日を送っていた。

クランベールは長椅子に足を伸ばして、ゆっくりと外の澄んだ空気を堪能していた。

「兄上、あまり長く外にいると風邪をひきますよ」

両手に毛布を抱えてやって来た弟の第八王子フランセスカが甲斐甲斐しく胸から下を覆った。それから、これで温めてくださいと子犬を一匹膝の上に載せた。

「おいフランセスカ、これは？」

「少し前に、近くで飼っている牧羊犬が子犬を八匹産んだんです。これはその一匹ですよ。可愛いでしょう？」

「可愛いとは思う。でもここで渡すか？」

「兄上が寒そうに見えたので。背中の傷もまだ完全に癒えていないのに、無理したら駄目じゃないですか」

「平気だよ。それに三カ月？　四カ月前にはここにいたんだ。戻って来たと思って気楽にしてくれると助かる」

「別にいるのはいいんですよ。僕も兄上と手紙だけじゃなく直接話もしたいし。でも、イーセリアに寄ってないんでしょう？」

　イーセリアとはエフセリア国の首都で、クランベールたちが住むエフセリア城がある大きな街だ。

「飛竜だったからな。ここなら広い場所があるから飛竜も自由に離着陸できるだろう？　だけどエフセリアの城だとどこに下りても叱られるような気がしてんだ」

　広いエフセリア城には庭も広場も多くあるが、人があまりいない場所となるとなかなかない。幻獣は見慣れていると言っても、飛竜に実際に乗ってエフセリアに来た人はいないため、目立つこと間違いなしだ。

「それに馬車での移動はまだ辛い。飛竜だと上着を着込んでさえいれば寒さもしのげる」

　飛竜は頭も良い。知っている行き先ならば、指示すればそれに従う。馬などは自分で制御する必要があるが、乗り物の体軀が大きくなればなるほど騎獣任せになるのは一般的だな乗り方だ。

　馬には乗れないクランベールも、そうやってカルツェまで飛んできた。さすがに一日で着くわけではないのだが、専用の宿があることをクランベールの飛竜は知っていた。その宿に一晩泊まり、次の日にもまたというようにして飛んで、四日目の夕方、目的地カルツェに無事到着することが出来た。

　クランベールの方は到着した当日は何も出来ずに城館で休ませて貰ったが、飛竜は着いたその日から自由に飛び回って遊んでいたようだ。

「クランベール兄上、ここ、羊や山羊もいるんですけど、飛竜が獲って食べたりはしませんか？」

「大丈夫だとは思う。道中は乾燥させた肉を嚙んでいたから、それで済んだんだが」

「……その乾燥させた肉って何の肉ですか？　実は

乳牛もいまして」

「ああ……後で言い聞かせておく」

「お願いします」

ぺこりと頭を下げて弟は城館の中に戻って行った。

クランベールはごそごそと荷物を漁り、飛竜の手引書を取り出した。

「これを読めば大体のことはわかるか」

弟を不安にさせたくはないし、飼う以上食糧問題は切実だ。

今日も朝からずっと温泉に入ったり休んだりしていたおかげで、クランベールの体調はとてもいい。飛竜での空旅で硬くなっていた体も解れ、肝心の背中の傷も腕を回しても痛さを感じないようになっていた。

もう少し引き攣れる感じがしなくなれば完治と考えていいだろう。


「伯母上には感謝だな」

従兄が職務に復帰することが決まった日、伯母が報酬を一式揃えて病室へ持って来て、クランベールの前に並べた。それもほんの十日かそこら前の話だ。

幻獣は次にシャイセスに来るまでに用意するということで、それ以外の二点だ。飛竜、それからシャイセス国内の別荘。求めていたものを貰ったことに感謝はしたものの、貰ってしまうともうシャイセス国との関係が切れてしまったように感じられて、寂しさを覚えた。

それでも振り切って旅立った。

最初からいなかったものと思ってくれたらいい。シャイセス国全体の制度にまで手を入れた改革が成功すれば、その先導者としての名誉はシャイセス国王ダリアと主計局長ビリアンのものになるはずだ。歴史の中に残る名は、それだけでいい。

国王の寵愛を一時受けていただけの自分にとっては、シャイセス国が生まれ変わる瞬間に立ち会えただけでも光栄なことだ。

きっとダリアは王として覚醒するだろう。群れを率いる獅子のように、強い力と包容力で民を守る牙となる。次代の育成への指針も示した。

もうクランベールにはしてやれることは何もない。閨の指導に関してだけは、多少間違った方向に快感を覚えさせてしまったが、数多の妃を侍らせているし、閨に鞭を持ち込む妃がいなければいずれ元に戻るだろう。

クランベールの前で膝を突き、熱の籠もった瞳で見上げて来た男はもういない。あれは、他人のものだ。

クランベールはふぅと息をつき、横の小さなテーブルに本を伏せた。フランセスカが言うように少し風が強くなって来たのか、髪が揺れる。

(この髪、切ったら怒るのだろうな、あの男は)

背中の傷の処置の際、クランベールの長い髪は施術の邪魔になるため短く切られる予定だったらしい。それを覆させたのはダリアで、

「俺はこの髪を気に入っている。俺の宝を切るのは許さん」

などと我儘を通したらしい。聞いた時には「髪くらいいいじゃないか」と思ったが、気遣いには感謝しかない。

(……まさか髪で縛られなくなるのが嫌だったからではないよな? もしそうなら、思い切り根元から縛り上げて、達けないようにしてやる)

だが、もう二度と会うことはないだろう。エフセリアにダリアが来る時には、他の国に逃げていればいい。飛竜がいれば、どこにだって飛んでいける。

（ダリアは飛竜が苦手だと言っていたが、従順で賢くて可愛い生き物なのにな）

飛竜が生息する山がすぐ近くにあるのだから、多少初期投資が高くても飛竜は揃えた方がいい。

伯母と一緒に赴いた飛竜商のところには、艶やかな鱗や角を持つ色とりどりの飛竜がたくさん揃っていた。どれもこれもがクランベールに頭を寄せて来て、全部を買いたい衝動にかられた。怖いことに、その場にいた飛竜すべてを購入できるだけの資産がクランベールにはあった。だから我慢するのが大変だったのだ。白を選んだ理由はエフセリアの色だから。少し緑を帯びた瞳にも心惹かれたというのもある。

白い飛竜は先ほどまで放牧場で牧羊犬と遊んでいたようだが、今は姿が見えなくなっている。気が向いたらまた戻って来るだろう。

そして再び伏せていた本を手に取り読み始めたのだが、三ページも読まないうちに中断しなければならなくなってしまった。

いきなり地面に叩きつけるように降って来た「風の塊」。強い風に煽られて、クランベールの長い髪と身に着けていたカルツェ風の衣装の長い裾が翻る。

いきなりの突風に何事かと空を見上げたものたちの目に、それはどんな風に映っていただろうか。

「鳥か!?」

「いや竜か？」

「いやこの間、フランセスカ様の兄上様も同じものに乗って来たのを見たぞ。あれは飛竜だ」

飛竜、飛竜とさざ波のように人々の声が広がっていく。

（飛竜……？　私以外にいるのか、飛竜でカルツェに来るような人物が）

皆の視線に釣られるように顔を上げたクランベールは、ぱっと目を見開いた。

「嘘だろう……？」

呆然と呟く。

それも無理はない。空から下りて来る飛竜。クランベールの目には黄金に輝く鱗がはっきりと見えていた。そして、その背に跨る男の姿までも。

「ダリア……？」

確認するまでもない。あれはシャイセス国王ダリアだ。

「あ、兄上!?」

気づいた瞬間、クランベールは子犬を弟に押し付け駆け出していた。

（どこだ、どこに隠れればいい？　空から見えない場所……屋内か！）

クランベールは小さな城に駆け込もうと駆け出した。

しかし、

「うっ……！」

城の扉までまだ距離があるというのに、風をまき散らしながら前面に降り立った飛竜が前に進むのを遮ってしまう。そして、

「クランベール！」

飛竜が地面に足を付けるか否かのうちにその背から飛び降りた巨軀が駆け寄り、クランベールの体を抱き締めた。

「ダリア……どうしてあなたが……」

「どうしてだと!?」

伏せていたクランベールの肩から顔を上げたダリアは大きな声を上げた。

「お前が！　黙って城を出たからだ！　俺の留守に、黙って！　それを追い駆けて何が悪い!?」

放っておけば両手を振り回し、地団駄を踏みそうだ。少しは成長したかと思っていたが、あまり変わっていないのかもしれない。

「ダリア、落ち着け。みんなに見られているぞ。国王としての威厳を大事にするのではなかったのか？」

飛竜が降り立ったのが城館の正面のため、兵士たちも槍を手に周りを囲み、飛ぶ飛竜を追い駆けて来た人たちが遠目に眺めている。後ろを振り返ったクランベールは、フランセスカが駆け寄って来そうなのを手で押し留め、城から出て来たカルツェ王にも同じく制止の合図を送った。

「ルネ、これは知り合いだ。心配はいらない。私がこの間まで滞在していたシャイセスの国王だ」

国王、という言葉に全員が絶句する。カルツェ国の勤勉な王を常に見ていれば、派手なダリアの姿は奇異なものに映るはずだ。

しかし、普段とは違う刺繍の模様や白いマントにはどことなく見覚えがある。

「——正装か。だがなぜ正装？」

クランベールには単純な疑問だったが、何故かそれがダリアの見えない尾を踏んでしまったようだ。それも、靴の高い踵一点で。

「……クランベール、お前とはもう一度しっかり話し合う必要がありそうだな」

ダリアは怒りを抑えるように息を吐き出した。それからクランベールの頬を撫でると、その場にいる全員に向かって宣言した。

「シャイセス国王ダリア＝シャイセスは妻を迎えに来た。カルツェ王、並びに諸氏諸君。騒がせてすまないが、もう少しだけ俺に時間をくれ。口説き落とすための、な」

ダリアが言い終えた瞬間、「わああーっ！」という歓声と悲鳴が上がり、それが木霊《こだま》となって幾つも響いて来る。

　誰もが声援を送る中、一人クランベールだけが俯き、唇を噛みしめていた。

「ダリア、お前また勝手なことを……！　私がどれだけ考えたと思ってる⁉　私が好きで離れたとでも思っているのか……？」

　零れた言葉はクランベールの本音。明確な好きという感情を理解するより先に、離れることの辛さを知り、それでもその別れを受け入れることを選んだ。それもすべて、新しいシャイセス国を作るダリアにとって良かれと思ってのこと。身を引くという言葉は嫌いだから使いたくない。

「私はお前のためを思って……」

「嘘だな」

「そんなことはないっ」

「嘘だ。俺には嘘を吐くなと言いながら、お前は俺に嘘を吐く。他でもない、俺のことに限ってだけ。クランベール」

　ダリアの目が真っすぐにクランベールを見つめる。腹立たしくて、だが言っていることはその通りで……。

「私は、私が好きだ。だから私を一番に思わないお前は嫌いだ」

「そんなことか？　それなら簡単に叶えてやれるぞ。俺の第一はお前だ。俺自身よりお前が上だ」

「一緒に国が生まれ変わるのを見てみたい。手伝いたい」

「当然だ。むしろ途中で投げ出した罰で、ずっと休み無しで働いてもらうからな。お前の知恵と知識が必要なんだ」

「知恵と知識だけか？」

「――いや、俺はお前の全部が欲しい。毎晩可愛がってやるぞ、クランベール」

「……相変わらず」

上品な言葉ではないが、本音をそのまま言葉にした声はクランベールの心を温かく包んでくれる。

「私は、一緒にいてもいいのか？」

「ああ。それにクランベール、お前は天華の間の主だ。王妃の間の主は王妃だと決まっている」

「誰が決めたんだ、そんなことを」

「俺だ」

明るく豪快に笑い、ダリアは言った。

「来い」

そして乱暴なのに優しい手付きで、背中に触れないよう羽毛布団を運ぶかのようにクランベールの体をその腕に収めると、軽い跳躍で金の飛竜に跨った。

「次に降りて来る時は、クランベールはシャイセス王の妻だ。王妃クランベールの誕生を、どこよりも早く祝ってくれ」

再び上がる歓声の中で「はい、お任せください」と言う声が聞こえたが、間違いでなければ弟フランセスカの声だったような……。あの浮かれた声は間違いない。

（フランには後で説教だな）

飛竜が羽を一回上下するだけで、地面が一気に遠くなる。眼下の人々が果実の種のように小さくなるまで一気に高度を上げたダリアは、そこで飛竜にこの辺りを自由に飛ぶよう指示を出していた。それは飛竜を怖がって苦手にしていた男の態度ではなく、短い間に何の変化があったのかとクランベールは首を傾げた。

「飛竜に乗れるようになったんだな」

「お前を迎えに行くためだ」

「ということは、平気なわけではないのだな」

「……言うな」

クランベールはくすりと笑った。

飛竜の首のすぐ後ろに跨るクランベールの背には、ダリアがぴたりと張り付いている。出会った時から腕の中に囲うのが好きな男は、やはり同じように今もクランベールを閉じ込めていた。

クランベールはしばらく白い飛竜とは違う鱗触りを楽しんでいたが、ふと気になって尋ねた。

「なあ、ダリア。こんな金色の飛竜、城にはいなかったはずだが、どこから連れて来た？」

少しの沈黙の後、ダリアは前を向いたまま、ぼそりと言った。

「……買った」

「……もう一度聞く。この飛竜はどこで手に入れた？」

後ろでぐっと腹に力が入ったのが分かった。

「飛竜の商人から買った」

「おい」

金色の飛竜はクランベールも手を出さなかったものだ。伯母から貰った白い飛竜も珍しく高価だが、金はその上を行く。

後ろを振り返り睨みつけると、開き直ったのかダリアは目を逸らさずクランベールを見つめ、言った。

「この竜が一番頑丈で速かった。急いでお前を連れ戻したかった。だから買った」

「ダリア……」

「文句があるなら耳が痛くなっても聞こう。だがこの件に関して俺は絶対に必要だったと断言する。お前は言うではないか。本当に必要なものには金を惜しむな。そのための節約だと」

だから俺は悪くないとふんぞり返るダリアは、出

会った時から変わっていない。

（いや、それでも変わったんだ、この男は）

黙ってじっと顔を見つめるクランベールの態度に、ダリアが少し慌て出す。

「怒っているのか？　いや怒るのは当然だが」

「呆れてはいるが怒ってはいない」

「そうか」

嬉しそうに笑うダリアはとても眩しく見えた。

それを見れば、もう妃だなんだというのを考えるのも馬鹿らしくなってくる。黙って国を出た自分がダリアに負けたようで悔しい。だが、きっとこれでいいのだろう。

「ダリア」

名を呼ぶとすぐに反応して下を向く。

「お前、私を好きか？」

陽光を受けて宝石のように輝く緑の瞳が瞠られ、

「好きだ」

「私もだ」

断言したダリアは、その後に続いたクランベールの台詞に破顔する。その頬に手を添え、クランベールも微笑みを浮かべ言った。

「愛しているよ、ダリア」

生涯で初めて誰かに告げた言葉。

そして、クランベールは自分から背伸びするようにダリアの唇に自分の唇を重ねた。

触れただけで離れそうになった唇は、すぐに厚い唇で覆われた。

悠々とシャイセス国へ向かう飛竜の背では、長く二人の口づけが交わされていた。

あとがき

こんにちは。朝霞月子《あさかつきこ》です。今作は「第四王子《だいよんおうじ》と契約《けいやく》の恋《こい》」というタイトル。そう、「第八王子《だいはちおうじ》と約束《やくそく》の恋《こい》」との関連が絶対にある！　ということで、十名を超える王子王女がいる子沢山家族（一夫三妻）の中から、一押し守銭奴《しゅせんど》王子の登場でした。実は第八王子より先に第四王子でネタを組んでいたのですが、その中から生まれたのが第八王子なので、まさに弟という感じですね。それで今作の王子なのですが、王子なのにお金を貯《た》めるのが大好きな人です。ケチというよりは不要なものは買わない、本当に必要なのかを考えて決断するというタイプ。相方の獅子王《ししおう》。髪の毛がとても豊かで立派です。毛深いのと性欲が旺盛で、本能の赴《おもむ》くままに牙《きば》を剝《む》き、攻める野獣タイプ。

そんな二人のイラスト、いろいろと無茶なお願いだったにも拘《かかわ》らず、描き上げてくださって、壱也《いちや》先生には感謝しかありません。それに加えてこのエフセリア王子様たちの髪の色、発色がとても難しいだろうと思うのに、ここまで理想通りに塗っていただいて、まるで魔法ですね。素敵な魔法です。

この本に携《たずさ》わるすべての皆様に感謝申し上げます。そしてまた次のお話もよろしくお願いいたします。

この本を読んでの
ご意見・ご感想を
お寄せ下さい。

〒151-0051
東京都渋谷区千駄ヶ谷4-9-7
(株)幻冬舎コミックス　リンクス編集部
「朝霞《あさか》月子《つきこ》先生」係／「壱也《いちや》先生」係

リンクス ロマンス

獅子王の寵姫 第四王子と契約の恋

2018年3月31日　第1刷発行

著者……………朝霞《あさか》月子《つきこ》
発行人…………石原正康
発行元…………株式会社　幻冬舎コミックス
〒151-0051　東京都渋谷区千駄ヶ谷4-9-7
TEL 03-5411-6431（編集）
発売元…………株式会社　幻冬舎
〒151-0051　東京都渋谷区千駄ヶ谷4-9-7
TEL 03-5411-6222（営業）
振替00120-8-767643
印刷・製本所…株式会社　光邦
検印廃止

ISBN978-4-344-84197-0 C0293
Printed in Japan

幻冬舎コミックスホームページ　http://www.gentosha-comics.net